日子慢慢向前，事事慢慢如愿

史铁生等 著

湖南文艺出版社
HUNAN LITERATURE AND ART PUBLISHING HOUSE
博集天卷
CS-BOOKY
·长沙·

图书在版编目（CIP）数据

日子慢慢向前，事事慢慢如愿 / 史铁生等著 .

长沙 : 湖南文艺出版社 , 2024. 12. -- ISBN 978-7-5726-2112-3

Ⅰ . I267

中国国家版本馆 CIP 数据核字第 2024SA3886 号

上架建议：名家文学 · 散文随笔

RIZI MANMAN XIANG QIAN，SHISHI MANMAN RUYUAN

日子慢慢向前，事事慢慢如愿

著　　者：史铁生 等
出 版 人：陈新文
责任编辑：刘诗哲
选题创意：北京青梅树下文化传媒有限公司
特约策划：子非鱼
监　　制：于向勇
策划编辑：韩　琨
营销编辑：黄璐璐　时宇飞　秋　天
封面设计：末末美书
版式设计：末末美书
封面插画：视觉中国
内文插画：舟蒲麦
内文排版：麦莫瑞
出　　版：湖南文艺出版社
（长沙市雨花区东二环一段 508 号　邮编：410014）
网　　址：www.hnwy.net
印　　刷：北京天宇万达印刷有限公司
经　　销：新华书店
开　　本：875 mm × 1230 mm　1/32
字　　数：162 千字
印　　张：8.5
版　　次：2024 年 12 月第 1 版
印　　次：2024 年 12 月第 1 次印刷
书　　号：ISBN 978-7-5726-2112-3
定　　价：49.80 元

若有质量问题，请致电质量监督电话：010-59096394
团购电话：010-59320018

奶奶，和一棵老海棠树，在我的记忆里不能分开；好像她们从来就在一起，奶奶一生一世都在那棵老海棠树的影子里张望。

从汽车眺望平堤远处，薄雾里错落有致的平田、房子、树木，全如敷了一层蓝灰，一切极爽心悦目。汽车在大堤上跑去，又极平稳舒服。

谁说水仙花清？它也像普通人一样，需要烟火气的。自从移入灶间之后，叶子渐渐抬起头来，花苞渐渐展开。今天花儿开得很好了！

“一粒沙里见世界，一朵花里见天国；手掌里盛住无限，一刹那便是永劫。”

猫的性格实在有些古怪。说它老实吧，它的确有时候很乖。它会找个暖和地方，成天睡大觉，无忧无虑，什么事也不过问。可是，赶到它决定要出去玩玩，就会走出一天一夜，任凭谁怎么呼唤，它也不肯回来。

黄桷树镇上开了两家茶食店，一家先开的，另一家稍稍晚了两天。

目录

辑一 岁月不言，人间有爱

奶奶，和一棵老海棠树，在我的记忆里不能分开；好像她们从来就在一起，奶奶一生一世都在那棵老海棠树的影子里张望。

辑二

想念，往往不是刻意的

鲁迅先生的笑声是明朗的，是从心里的欢喜。若有人说了什么可笑的话，鲁迅先生笑得连烟卷都拿不住了，常常是笑得咳嗽起来。

辑三

往事堪堪亦澜澜，前路漫漫亦灿灿

我的启蒙的第一首歌是《春之花》。调子我还记得，还能哼得上来，歌词却记不得了。头两句好像是："春光明媚好花开，如诗如画如锦绣。"

辑四

聚拢是烟火，摊开是人间

别一个宴之趣，是我们近几年所常常领略到的，那就是集合了好几个无所不谈的朋友，全座没有一个生面孔，在随意地喝着酒，吃着菜，上天下地地谈着。

辑五

活在当下，享受生活

谁说水仙花清？它也像普通人一样，需要烟火气的。自从移入灶间之后，叶子渐渐抬起头来，花苞渐渐展开。今天花儿开得很好了！

辑六

见得繁花不惊，修得心淡如水

这正午的一刹那，是最可爱的一刹那，便是现在。事情已过，追想是无用的；事情未来，预想是无用的；只有在事情正来的时候，我们可以把捉它、发展它、改正它、补充它：使它健全、谐和，成为完满的一段落、一历程。历程的满足，给我们相当的欢喜。

辑一

岁月不言，人间有爱

奶奶，和一棵老海棠树，在我的记忆里不能分开；好像她们从来就在一起，奶奶一生一世都在那棵老海棠树的影子里张望。

我与地坛（节选）[①]

· 史铁生

现在我才想到，当年我总是独自跑到地坛去，曾经给母亲出了一个怎样的难题。

她不是那种光会疼爱儿子而不懂得理解儿子的母亲。她知道我心里的苦闷，知道不该阻止我出去走走，知道我要是老待在家里结果会更糟，但她又担心我一个人在那荒僻的园子里整天都想些什么。我那时脾气坏到极点，经常是发了疯一样地离开家，从那园子里回来又中了魔似的什么话都不说。母亲知道有些事不宜问，便犹犹豫豫地想问而终于不敢问，因为她自

---

① 选自《我与地坛》，史铁生著，北京：人民文学出版社，2011年1月。本书选篇时保留了每个作者原始的写作风格，只修订了部分字词和标点。后文同。

己心里也没有答案。她料想我不会愿意她跟我一同去，所以她从未这样要求过，她知道得给我一点儿独处的时间，得有这样一段过程。她只是不知道这过程得要多久和这过程的尽头究竟是什么。每次我要动身时，她便无言地帮我准备，帮助我上了轮椅车，看着我摇车拐出小院；这以后她会怎样，当年我不曾想过。

有一回我摇车出了小院，想起一件什么事又返身回来，看见母亲仍站在原地，还是送我走时的姿势，望着我拐出小院去的那处墙角，对我的回来竟一时没有反应。待她再次送我出门的时候，她说："出去活动活动，去地坛看看书，我说这挺好。"许多年以后我才渐渐听出，母亲这话实际上是自我安慰，是暗自的祷告，是给我的提示，是恳求与嘱咐。只是在她猝然去世之后，我才有余暇设想，当我不在家里的那些漫长的时间，她是怎样心神不定坐卧难宁，兼着痛苦与惊恐与一个母亲最低限度的祈求。现在我可以断定，以她的聪慧和坚忍，在那些空落的白天后的黑夜，在那不眠的黑夜后的白天，她思来想去最后准是对自己说："反正我不能不让他出去，未来的日子是他自己的，如果他真的在那园子里出了什么事，这苦难也只好我来承担。"在那段日子里——那是好几年前的一段日子，我想我一定使母亲做过最坏的准备了，但她从来没有对我说过："你为我想想。"事实上我也真的没为她想过。那时她的儿子还太年轻，还来不及为母亲想，他被命运击昏了头，一心以为自己是世上最不幸的一个，不知道儿子的不幸在母亲那儿总是要加倍的。她有一个长到二十岁上忽然截瘫了的儿子，这是她唯一的儿子；她情愿截瘫的是自己而不是儿子，可这事无法代替；她想，只要儿子能活下去哪怕自己去死呢也行，可她又确信一个人不能仅仅是活着。儿子得有一条路走向自己的幸福；而这条路呢，没有谁能保证她的儿子最终能找到——这样一个母亲，注定是活得最苦的母亲。

有一次与一个作家朋友聊天，我问他学写作的最初动机是什么，他想了一会儿说："为我母亲。为了让她骄傲。"我心里一惊，良久无言。回想自己最初写小说的动机，虽不似这位朋友的那般单纯，但如他一样的愿望我也有，且一经细想，发现这愿望也在全部动机中占了很大比重。这位朋友说："我的动机太低俗了吧？"我光是摇头，心想低俗并不见得低俗，只怕是这愿望过于天真了。他又说："我那时真就是想出名，出了名让别人羡慕我母亲。"我想，他比我坦率。我想，他又比我幸福，因为他的母亲还活着。而且我想，他的母亲也比我的母亲运气好，他的母亲没有一个双腿残废的儿子，否则事情就不这么简单。

在我的头一篇小说发表的时候，在我的小说第一次获奖的那些日子里，我真是多么希望我的母亲还活着。我便又不能在家里待了，又整天整天独自跑到地坛去，心里是没头没尾的沉郁和哀怨，走遍整个园子却怎么也想不通：母亲为什么就不能再多活两年？为什么在她儿子就快要碰撞开一条路的时候，她却忽然熬不住了？莫非她来此世上只是为了替儿子担忧，却不该分享我的一点点快乐？她匆匆离我而去时才只有四十九岁呀！有那么一会儿，我甚至对世界对上帝充满了仇恨和厌恶。后来我在一篇题为《合欢树》的文章中写道：“坐在小公园安静的树林里，我闭上眼睛，想：上帝为什么早早地召母亲回去呢？很久很久，迷迷糊糊地，我听见了回答：‘她心里太苦了，上帝看她受不住了，就召她回去。’我似乎得到一点儿安慰，睁开眼睛，看见风正从树林里吹过。”小公园，指的也是地坛。

只是到了这时候，纷纭的往事才在我眼前幻现得清晰，母亲的苦难与伟大才在我心中渗透得深彻。上帝的考虑，也许是对的。

摇着轮椅在园中慢慢走，又是雾罩的清晨，又是骄阳高悬的白昼，我只想着一件事：母亲已经不在了。在老柏树旁停下，在草地上在颓墙边停下，又是处处虫鸣的午后，又是鸟儿归巢的傍晚，我心里只默念着一句话：可是母亲已经不在了。把椅背放倒，躺下，似睡非睡挨到日没，坐起来，心神恍惚，呆呆地直坐到古祭坛上落满黑暗然后再渐渐浮起月光，心里才有点儿明白：母亲不能再来这园中找我了。

曾有过好多回，我在这园子里待得太久了，母亲就来找我。她来找我又不想让我发觉，只要见我还好好地在这园子里，她就悄悄转身回去。我看见过几次她的背影。我也看见过几回她四处张望的情景，她视力不好，端着眼镜像在寻找海上的一条船，她没看见我时我已经看见她了，待我看见她也看见我了我就不去看她，过一会儿我再抬头看她就又看见她缓缓离去的背影。我单是无法知道有多少回她没有找到我。有一回我坐在矮树丛中，树丛很密，我看见她没有找到我。她一个人在园子里走，走过我的身旁，走过我经常待的一些地方，步履茫然又急迫。我不知道她已经找了多久还要找多久，我不知道为什么我决意不喊她——但这绝不是小时候的捉迷藏，这也许是出于长大了的男孩子的倔强或羞涩？但这倔强只留给我痛悔，丝毫也没有骄傲。我真想告诫所有长大了的男孩子，千万不要跟母亲来这套倔强，羞涩就更不必，我已经懂了可我已经来不及了。

儿子想使母亲骄傲，这心情毕竟是太真实了，以致使“想出名”这一声名狼藉的念头也多少改变了一点儿形象。这是个复杂的问题，且不去管它了吧。随着小说获奖的激动逐日暗淡，我开始相信，至少有一点我是想错了：我用纸笔在报刊上碰撞开的一条路，并不就是母亲盼望我找到的那条路。年年月月我都到这园子里来，年年月月我都要想，母亲盼望我找到的那条路到底是什么。母亲生前没给我留下过什么隽永的哲言，或要我恪守的教诲，只是在她去世之后，她艰难的命运、坚忍的意志和毫不张扬的爱，随光阴流转，在我的印象中愈加鲜明深刻。

有一年，十月的风又翻动起安详的落叶，我在园中读书，听见两个散步的老人说："没想到这园子有这么大。"我放下书，想，这么大一座园子，要在其中找到她的儿子，母亲走过了多少焦灼的路。多年来我头一次意识到，这园中不单是处处都有过我的车辙，有过我的车辙的地方也都有过母亲的脚印。

老海棠树[1]

· 史铁生

如果可能，如果有一块空地，不论窗前屋后，要是能随我的心愿种点儿什么，我就种两棵树。一棵合欢，纪念母亲。一棵海棠，纪念我的奶奶。

奶奶，和一棵老海棠树，在我的记忆里不能分开；好像她们从来就在一起，奶奶一生一世都在那棵老海棠树的影子里张望。

老海棠树近房高的地方，有两条粗壮的枝丫，弯曲如一把躺椅，小时候我常爬上去，一天一天地就在那儿玩。奶奶在

① 选自《我与地坛》，史铁生著，北京：人民文学出版社，2011年1月。

树下喊：“下来，下来吧，你就这么一天到晚待在上头不下来了？”是的，我在那儿看小人书，用弹弓向四处射击，甚至在那儿写作业，书包挂在房檐上。“饭也在上头吃吗？”对，在上头吃。奶奶把盛好的饭菜举过头顶，我两腿攀紧树丫，一个海底捞月把碗筷接上来。“觉呢，也在上头睡？”没错。四周是花香，是蜂鸣，春风拂面，是沾衣不染的海棠花雨。奶奶站在地上，站在屋前，老海棠树下，望着我；她必是羡慕，猜我在上头是什么感觉，都能看见什么？

但她只是望着我吗？她常独自呆愣，目光渐渐迷茫，渐渐空荒，透过老海棠树浓密的枝叶，不知所望。

春天，老海棠树摇动满树繁花，摇落一地雪似的花瓣。我记得奶奶坐在树下糊纸袋，不时地冲我叨唠：“就不说下来帮帮我？你那小手儿糊得多快！”我在树上东一句西一句地唱歌。奶奶又说：“我求过你吗？这回活儿紧！”我说：“我爸我妈根本就不想让您糊那破玩意儿，是您自己非要这么累！”奶奶于是不再吭声，直起腰，喘口气，这当儿就又呆呆地张望——从粉白的花间，一直到无限的天空。

或者夏天，老海棠树枝繁叶茂，奶奶坐在树下的浓阴里，又不知从哪儿找来了补花的活儿，戴着老花镜，埋头于床单或被罩，一针一线地缝。天色暗下来时她冲我喊：“你就不能劳驾去洗洗菜？没见我忙不过来吗？”我跳下树，洗菜，胡乱一洗了事。奶奶生气了：“你们上班上学，就是这么糊弄？”奶奶把手里的活儿推开，一边重新洗菜一边说：“我就一辈子得给你们做饭？就不能有我自己的工作？”这回是我不再吭声。奶奶洗好菜，重新捡起针线，从老花镜上缘抬起目光，又会有一阵子愣愣地张望。

有年秋天，老海棠树照旧果实累累，落叶纷纷。早晨，天还昏暗，奶奶就起来去扫院子，“刷啦——刷啦——”院子里的人都还在梦中。那时我大些了，正在插队，从陕北回来看她。那时奶奶一个人在北京，爸和妈都去了干校。那时奶奶已经腰弯背驼。“刷啦刷啦”的声音把我惊醒，赶紧跑出去：“您歇着吧我来，保证用不了三分钟。”可这回奶奶不要我帮。“咳，你呀！你还不懂吗？我得劳动。”我说：“可谁能看得见？”奶奶说：“不能那样，人家看不看得见是人家的事，我得自觉。”她扫完了院子又去扫街。“我跟您一块儿扫行不？”“不行。”

这样我才明白，曾经她为什么执意要糊纸袋，要补花，不让自己闲着。有爸和妈养活她，她不是为挣钱，她为的是劳动。她的成分随了爷爷算地主。虽然我那个地主爷爷三十几岁就一命归天，是奶奶自己带着三个儿子苦熬过几十年，但人家说什么？人家说：“可你还是吃了那么多年的剥削饭！”这话让她无地自容。这话让她独自愁叹。这话让她几十年的苦熬忽然间变成屈辱。她要补偿这罪孽。她要用行动证明。证明什么呢？她想着她未必不能有一天自食其力。奶奶的心思我有点儿懂了：什么时候她才能像爸和妈那样，有一份名正言顺的工作呢？大概这就是她的张望吧，就是那老海棠树下屡屡的迷茫与空荒。不过，这张望或许还要更远大些——她说过：得跟上时代。

所以冬天，所有的冬天，在我的记忆里，几乎每一个冬天的晚上，奶奶都在灯下学习。窗外，风中，老海棠树枯干的枝条敲打着屋檐，摩擦着窗棂。奶奶曾经读一本《扫盲识字课本》，再后是一字一句地念报纸上的头版新闻。在《奶奶的星星》里我写过：她学《国歌》一课时，把“吼声”念成“孔声”。我写过我最不能原谅自己的一件事——奶奶举着一张报纸，小心地凑到我跟前：“这一段，你给我说说，到底什么意思？”我看也不看地就回答：“您学那玩意儿有用吗？您以为把那些东西看懂，您就真能摘掉什么帽子？”奶奶立刻不语，唯低头盯着那张报纸，半天半天目光都不移动。我的心一下子收紧，但知已无法弥补。“奶奶。”“奶奶！”“奶奶——”

我记得她终于抬起头时，眼里竟全是惭愧，毫无对我的责备。

但在我的印象里，奶奶的目光慢慢地离开那张报纸，离开灯光，离开我，在窗上老海棠树的影子那儿停留一下，继续离开，离开一切声响甚至一切有形，飘进黑夜，飘过星光，飘向无可慰藉的迷茫与空荒……而在我的梦里，我的祈祷中，老海棠树也便随之轰然飘去，跟随着奶奶，陪伴着她，围拢着她；奶奶坐在满树的繁花中，满地的浓阴里，张望复张望，或不断地要我给她说说："这一段到底是什么意思？"——这形象，逐年地定格成我的思念和我永生的痛悔。

爸爸的花儿落了，我也不再是小孩子[①]

· 林海音

新建的大礼堂里，坐满了人；我们毕业生坐在前八排，我又是坐在最前一排的中间位子上。我的衣襟上有一朵粉红色的夹竹桃，是临来时妈妈从院子里摘下来给我别上的。她说：

“夹竹桃是你爸爸种的，戴着它，就像爸爸看见你上台一样！”

爸爸病倒了，他住在医院里不能来。

昨天我去看爸爸，他的喉咙肿胀着，声音是低哑的。我告诉爸，行毕业典礼的时候，我代表全体同学领毕业证书，并且致谢词。我问爸，能不能起来，参加我的毕业典礼？六年前他

① 选自《城南旧事》，林海音著，北京：人民文学出版社，2015年8月。

参加了我们学校的那次欢送毕业同学同乐会时，曾经要我好好用功，六年后也代表同学领毕业证书和致谢词。今天，“六年后”到了，我真的被选做这件事。

爸爸哑着嗓子，拉起我的手笑笑说：

“我怎么能够去？”

但是我说：

“爸爸，你不去，我很害怕，你在台底下，我上台说话就不发慌了。”

爸爸说：

“英子，不要怕，无论什么困难的事，只要硬着头皮去做，就闯过去了。”

“那么爸不也可以硬着头皮从床上起来到我们学校去吗？”

爸爸看着我，摇摇头，不说话了。他把脸转向墙那边，举起他的手，看那上面的指甲。然后，他又转过脸来叮嘱我：

“明天要早起，收拾好就到学校去，这是你在小学的最后一天了，可不能迟到！”

“我知道，爸爸。”

“没有爸爸，你更要自己管自己，并且管弟弟和妹妹，你已经大了，是不是？”

“是。”我虽然这么答应了，但是觉得爸爸讲的话很使我不舒服，自从六年前的那一次，我何曾再迟到过？

当我上一年级的时候，就有早晨赖在床上不起床的毛病。每天早晨醒来，看到阳光照到玻璃窗上了，我的心里就是一阵愁：已经这么晚了，等起来，洗脸，扎辫子，换制服，再到学校去，准又是一进教室被罚站在门边。同学们的眼光，会一个个向你投过来。我虽然很懒惰，却也知道害羞呀！所以又愁又怕，每天都是怀着恐惧的心情，奔向学校去。最糟的是爸爸不许小孩子上学乘车的，他不管你晚不晚。

有一天，下大雨，我醒来就知道不早了，因为爸爸已经在吃早点。我听着、望着大雨，心里愁得不得了。我上学不但要晚了，而且要被妈妈打扮得穿上肥大的夹袄（是在夏天！），踢拖着不合脚的油鞋，举着一把大油纸伞，走向学校去！想到这么不舒服地上学，我竟有勇气赖在床上不起来了。

等一下，妈妈进来了。她看见我还没有起床，吓了一跳，催促着我，但是我皱紧了眉头，低声向妈妈哀求说：

“妈，今天晚了，我就不去上学了吧？”

妈妈就是做不了爸爸的主，当她转身出去，爸爸就进来了。他瘦瘦高高的，站在床前来，瞪着我：

“怎么还不起来，快起！快起！”

“晚了！爸！”我硬着头皮说。

“晚了也得去，怎么可以逃学！起！”

一个字的命令最可怕，但是我怎么啦？居然有勇气不挪窝。

爸气极了，一把把我从床上拖起来，我的眼泪就流出来了。爸爸左看右看，结果从桌上抄起鸡毛掸子倒转来拿，藤鞭子在空中一抡，就发出咻咻的声音，我挨打了！

爸把我从床头打到床角，从床上打到床下，外面的雨声混合着我的哭声。我哭号，躲避，最后还是冒着大雨上学去了。我是一只狼狈的小狗，被宋妈抱上了洋车——第一次花五大枚坐车去上学。

我坐在放下雨篷的洋车里，一边抽抽搭搭地哭着，一边撩起裤脚来检查我的伤痕。那一条条鼓起的鞭痕，是红的，而且发着热。我把裤脚向下拉了拉，遮盖住最下面的一条伤痕，我最怕被同学耻笑。

虽然迟到了，但是老师并没有罚我站，这是因为下雨天可以原谅的缘故。

老师教我们先静默再读书。坐直身子，手背在身后，闭上眼睛，静静地想五分钟。老师说："想想看，你是不是听爸妈和老师的话？昨天的功课有没有做好？今天的功课全带来了吗？早晨跟爸妈有礼貌地告别了吗？……"我听到这儿，鼻子抽搭了一下，幸好我的眼睛是闭着的，泪水不至于流出来。

正在静默的当中，我的肩头被拍了一下，急忙地睁开了眼，原来是老师站在我的位子边。他用眼势告诉我，叫我向教室的窗外看去，我猛一转头看，是爸爸那瘦高的影子！

我刚安静下来的心又害怕起来了！爸为什么追到学校来？爸爸点头示意招我出去。我看看老师，征求他的同意，老师也微笑地点点头，表示答应我出去。

我走出了教室，站在爸面前。爸没说什么，打开了手中的包袱，拿出来的是我的花夹袄。他递给我，看着我穿上，又拿出两个铜板来给我。

后来怎么样了，我已经不记得，因为那是六年以前的事了。只记得，从那以后，到今天，每天早晨我都是等待着校工开大铁栅校门的学生之一。冬天的清晨站在校门前，戴着露出五个手指头的那种手套，举了一块热乎乎的烤白薯在吃着。夏天的早晨站在校门前，手里举着从花池里摘下的玉簪花，送给亲爱的韩老师——她教我跳舞。

啊！这样的早晨，一年年都过去了，今天是我最后一天在这学校里啦！

当当当，钟响了，毕业典礼就要开始。看外面的天，有点阴，我忽然想，爸爸会不会忽然从床上起来，给我送来花夹袄？我又想，爸爸的病几时才能好？妈妈今早的眼睛为什么红肿着？院里大盆的石榴和夹竹桃今年爸爸都没有给上麻渣，他为了叔叔给日本人害死，急得吐血了。到了五月节，石榴花没有开得那么红，那么大。如果秋天来了，爸爸还要买那样多的菊花，摆满在我们的院子里、廊檐下、客厅的花架上吗？

爸是多么喜欢花。

每天他下班回来，我们在门口等他，他把草帽推到头后面抱起弟弟，经过自来水龙头，拿起灌满了水的喷水壶，唱着歌儿走到后院来。他回家来的第一件事就是浇花。那时太阳快要下去了，院子里吹着凉爽的风，爸爸摘下一朵茉莉插到瘦鸡妹妹的头发上。陈家的伯伯对爸爸说："老林，你这样喜欢花，所以你太太生了一堆女儿！"我有四个妹妹，只有两个弟弟。我才十二岁……

我为什么总想到这些呢？韩主任已经上台了，他很正经地说：

"各位同学都毕业了，就要离开上了六年的小学到中学去读书，做了中学生就不是小孩子了，当你们回到小学来看老师的时候，我一定高兴看你们都长高了，长大了……"

于是我唱了五年的骊歌，现在轮到同学们唱给我们送别：

"长亭外，古道边，芳草碧连天。问君此去几时来，来时莫徘徊！天之涯，地之角，知交半零落，人生难得是欢聚，唯有别离多……"

我哭了，我们毕业生都哭了。我们是多么喜欢长高了变成大人，我们又是多么怕呢！当我们回到小学来的时候，无论长得多么高，多么大，老师！你们要永远拿我当个孩子呀！

做大人，常常有人要我做大人。

宋妈临回她的老家的时候说："英子，你大了，可不能跟弟弟再吵嘴！他还小。"

兰姨娘跟着那个四眼狗上马车的时候说："英子，你大了，可不能招你妈妈生气了！"

蹲在草地里的那个人说："等到你小学毕业了，长大了，我们看海去。"

虽然，这些人都随着我长大没有了影子了。是跟着我失去的童年也一起失去了吗？

爸爸也不拿我当孩子了，他说：

"英子，去把这些钱寄给在日本读书的陈叔叔。"

"爸爸！——"

"不要怕，英子，你要学做许多事，将来好帮着你妈妈。你最大。"

于是他数了钱，告诉我怎样到东交民巷的正金银行去寄这笔钱——到最里面的台子上去要一张寄款单，填上"金柒拾圆也"，写上日本横滨的地址，交给柜台里的小日本儿！

我虽然很害怕，但是也得硬着头皮去。——这是爸爸说的，无论什么困难的事，只要硬着头皮去做，就闯过去了。

"闯练，闯练，英子。"我临去时爸爸还这样叮嘱我。

我心情紧张，手里捏紧一卷钞票到银行去。等到从高台阶的正金银行出来，看着东交民巷街道中的花圃种满了蒲公英，我高兴地想：闯过来了，快回家去，告诉爸爸，并且要他明天在花池里也种满蒲公英。

快回家去！快回家去！拿着刚发下来的小学毕业文凭——红丝带子系着的白纸筒，催着自己，我好像怕赶不上什么事情似的，为什么呀？

进了家门来，静悄悄的。四个妹妹和两个弟弟都坐在院子里的小板凳上，他们在玩沙土，旁边的夹竹桃不知什么时候垂下了好几个枝子，散散落落的很不像样，是因为爸爸今年没有收拾它们——修剪、捆扎和施肥。

石榴树大盆底下也有几粒没有长成的小石榴，我很生气，问妹妹们：

“是谁把爸爸的石榴摘下来的？我要告诉爸爸去！”

妹妹们惊奇地睁大了眼，她们摇摇头说：“是它们自己掉下来的。”

我捡起小青石榴。缺了一根手指头的厨子老高从外面进来了，他说：

“大小姐，别说什么告诉你爸爸了，你妈妈刚从医院来了电话，叫你赶快去，你爸爸已经……”

他为什么不说下去了？我忽然着急起来，大声喊着说：

“你说什么？老高。”

“大小姐，到了医院，好好儿劝劝你妈，这里就数你大了！就数你大了！”

瘦鸡妹妹还在抢燕燕的小玩意儿，弟弟把沙土灌进玻璃瓶里。是的，这里就数我大了，我是小小的大人。我对老高说：

“老高，我知道是什么事了，我就去医院。”我从来没有过这样的镇定，这样的安静。

我把小学毕业文凭，放到书桌的抽屉里，再出来，老高已经替我雇好了到医院的车子。走过院子，看到那垂落的夹竹桃，我默念着：

爸爸的花儿落了，

我也不再是小孩子。

我的母亲（节选）[①]

· 林海音

我的母亲是板桥镇上一个美丽、乖巧的女孩，她十五岁上就嫁给比她大了十五岁的父亲，那是因为父亲在新埔、头份教过小学以后，有人邀他到板桥林本源做事，所以娶了我的母亲。

母亲是典型的中国三从四德的女性，她识字不多，但美丽且极聪明，脾气好，开朗，热心，与人无争，不抱怨，勤勉，整洁。这好像是我自己吹嘘母亲是说不尽的好女人。其实亲友中，也都会这样赞美她。

母亲嫁给父亲不久，父亲就带着母亲和母亲肚中的我到日本去，在大阪城生下了我。父亲是个典型的大男人，据说在日

① 选自《城南旧事》，林海音著，成都：巴蜀书社，2014年6月。

本到酒馆林立的街坊，从黑夜饮到天明，一夜之间，喝遍一条街，够任性的了。但是他却有更多优点，他负责任地工作，努力求生存，热心助人，不吝金钱。我们每一个孩子，他管得虽严，却都疼爱。

在大阪的日子，母亲也津津乐道。她说当年她是个足不出户的异国少妇（在别人只是个十几岁的少女），偶然上街，也不过是随着背伏着小女婴的下女出去走走。像春天，傍着淀川，造币局一带，樱花盛开了，风景很美。母亲说，我们出门逛街，还得忍受身后边淘气的日本小鬼偶然喊过来的“清国奴”这样侮辱中国人的口号，因为母亲穿的是中国服装。

后来父亲要远离日本人占据的台湾，到北平去打天下，便先把母亲和三岁的我送回台湾。在客家村和板桥两地住了两年，才到北平去的。母亲以一个闽南语系的女人嫁给客家人，在当时是罕见的。母亲缠过足，个子又小，而客家女性大脚，劳动起来是有力有劲的。但是娇小的母亲在客家大家庭里仍能应付得很好，那是因为母亲乖，不多讲话。她说妯娌们轮流烧饭，她一样轮班，小小的个子，在乡间的大灶间，烧柴、举炊，她都得站在一个矮凳上才够得到，但她从不说苦。不说苦，也是女性的一种德行吧，我从未见母亲喊过苦，这样的德行在潜移默化中，也给了我们姊弟做人的道理。像我，脾气虽然急躁，却极能耐苦，这一半是客家人的本性，一半也是得自母亲。

父亲去世前在北平的日子，是最幸福的，但自父亲去世（母亲才二十九岁），一直到我成年，我们从来都没有太感觉做孤儿的悲哀，而是因为母亲，她事事依从我们，从不摆出一副苦相，真是所谓“在家从父，出嫁从夫，夫死从子”了。

我的母亲常说这样两句台湾谚语，她说：“一斤肉不值四两葱，一斤儿不值四两夫。”意思是说，一斤肉的功用抵不过四两葱，一斤儿子抵不过四两丈夫。用有实质的重量来比喻人伦，实在是很有趣的象征手法。我母亲也常说另一句谚语：“食夫香香，食子淡淡。”这是说，妻子吃丈夫赚来的，是天经地义，没有话说，所以吃得香；等到有一天要靠子女养活时，那味道到底淡些。这些话表现出我的母亲对一个男人——丈夫的爱情之深、之专。

现在已婚妇女，凑在一起总是要怨丈夫，我的母亲从来没有过。甚至于我们一起回忆父亲时，我如果说了父亲这样好那样好，母亲很高兴地加入说。如果我们忽想起爸爸有些不好的地方，母亲就一声也不言语，她不好驳我们，却也不愿随着孩子回忆她的丈夫的缺点。

我的母亲十五岁结婚，二十九岁守寡，前年八十一岁去世。在讣闻里，我们细数了她的直系子、孙、媳婿等四代四十多人，没有太保太妹，没有吃喝嫖赌不良嗜好的。母亲虽早年守寡，却有晚年之福。

我的母亲[①]

· 胡适

我小时身体弱，不能跟着野蛮的孩子们一块儿玩。我母亲也不准我和他们乱跑乱跳。小时不曾养成活泼游戏的习惯，无论在什么地方，我总是文绉绉的。所以家乡老辈都说我“像个先生样子”，遂叫我作“穈先生[②]”。这个绰号叫出去之后，人都知道三先生的小儿子叫作穈先生了。既有“先生”之名，我不能不装出点“先生”样子，更不能跟着顽童们“野”了。有一天，我在我家八字门口和一班孩子“掷铜钱”，一位老辈

---

① 选自《中国现代散文欣赏辞典》，王纪人主编，上海：汉语大词典出版社，1990年1月。

② 胡适小名“嗣穈”，故名。“穈”出自《诗经·大雅·生民》篇：“诞降嘉种，维秬维秠，维穈维芑。”

走过，见了我，笑道：“糜先生也掷铜钱吗？”我听了羞愧得面红耳热，觉得太失了“先生”的身份！

大人们鼓励我装先生样子，我也没有嬉戏的能力和习惯，又因为我确是喜欢看书，故我一生可算是不曾享过儿童游戏的生活。每年秋天，我的庶祖母[①]同我到田里去“监割”（顶好的田，水旱无忧，收成最好，佃户每约田主来监割，打下谷子，两家平分），我总是坐在小树下看小说。十一二岁时，我稍活泼一点，居然和一群同学组织了一个戏剧班，做了一些木刀竹枪，借得了几副假胡须，就在村口田里做戏。我做的往往是诸葛亮、刘备一类的文角儿；只有一次我做史文恭，被花荣一箭从椅子上射倒下去，这算是我最活泼的玩意儿了。

我在这九年（一八九五—一九〇四）之中，只学得了读书写字两件事。在文字和思想的方面，不能不算是打了一点底子。但别的方面都没有发展的机会。有一次我们村里“当朋”（八都凡五村，称为“五朋”，每年一村轮着做太子会，名为“当朋”），筹备太子会，有人提议要派我加入前村的昆腔队里学习吹笙或吹笛。族里长辈反对，说我年纪太小，不能跟着太子会走遍五朋。于是我便失掉了这学习音乐的唯一机会。三十年来，我不曾拿过乐器，也全不懂音乐；究竟我有没有一

① 即祖父之妾，非嫡亲祖母。

点学音乐的天资，我至今还不知道。至于学图画，更是不可能的事。我常常用竹纸蒙在小说书的石印绘像上，摹画书上的英雄美人。有一天，被先生看见了，挨了一顿大骂，抽屉里的图画都被搜出撕毁了。于是我又失掉了学做画家的机会。

但这九年的生活，除了读书看书之外，究竟给了我一点做人的训练。在这一点上，我的恩师就是我的慈母。

每天天刚亮时，我母亲便把我喊醒，叫我披衣坐起。我从不知道她醒来坐了多久了。她看见我清醒了，便对我说昨天我做错了什么事，说错了什么话，要我认错，要我用功读书。有时候她对我说父亲的种种好处，她说："你总要踏上你老子的脚步。我一生只晓得这一个完全的人，你要学他，不要跌他的股。"（跌股便是丢脸、出丑。）她说到伤心处，往往掉下泪来。到天大明时，她才把我的衣服穿好，催我去上早学。学堂门上的锁匙放在先生家里；我先到学堂门口一望，便跑到先生家里去敲门。先生家里有人把锁匙从门缝里递出来，我拿了跑回去，开了门，坐下念生书。十天之中，总有八九天我是第一个去开学堂门的。等到先生来了，我背了生书，才回家吃早饭。

我母亲管束我最严，她是慈母兼任严父。但她从来不在别人面前骂我一句，打我一下。我做错了事，她只对我一望，我看见了她的严厉眼光，便吓住了。犯的事小，她等到第二天早晨我睡醒时才教训我。犯的事大，她等到晚上人静时，关了房门，先责备我，然后行罚，或罚跪，或拧我的肉。无论怎样重罚，总不许我哭出声来。她教训儿子不是借此出气叫别人听的。

有一个初秋的傍晚，我吃了晚饭，在门口玩，身上只穿着一件单背心。这时候我母亲的妹子玉英姨母在我家住，她怕我冷了，拿了一件小衫出来叫我穿上。我不肯穿，她说："穿上吧，凉了。"我随口回答："娘（凉）什么！老子都不老子呀。"我刚说了这一句，一抬头，看见母亲从家里走出，我赶快把小衫穿上。但她已听见这句轻薄的话了。晚上人静后，她罚我跪下，重重地责罚了一顿。她说："你没了老子，是多么得意的事！好用来说嘴！"她气得坐着发抖，也不许我上床去睡。我跪着哭，用手擦眼泪，不知擦进了什么微菌，后来足足害了一年多的眼翳病。医来医去，总医不好。我母亲心里又悔又急，听说眼翳可以用舌头舔去，有一夜她把我叫醒，真用舌头舔我的病眼。这是我的严师，我的慈母。

我母亲二十三岁做了寡妇，又是当家的后母。这种生活的痛苦，我的笨笔写不出一万分之一二。家中财政本不宽裕，全靠二哥在上海经营调度。大哥从小便是败子，吸鸦片烟，赌博，钱到手就光，光了便回家打主意，见了香炉便拿出去卖，捞着锡茶壶便拿出去押。我母亲几次邀了本家长辈来，给他定下每月用费的数目。但他总不够用，到处都欠下烟债赌债。每年除夕我家中总有一大群讨债的，每人一盏灯笼，坐在大厅上不肯去。大哥早已避出去了。大厅的两排椅子上满满的都是灯笼和债主。我母亲走进走出，料理年夜饭，谢灶神，压岁钱等事，只当作不曾看见这一群人。到了近半夜，快要“封门”了，我母亲才走后门出去，央一位邻舍本家到我家来，每一家债户开发一点钱。做好做歹的，这一群讨债的才一个一个提着灯笼走出去。一会儿，大哥敲门回来了。我母亲从不骂他一句。并且因为是新年，她脸上从不露出一点怒色。这样的过年，我过了六七次。

大嫂是个最无能而又最不懂事的人，二嫂是个很能干而气量很窄小的人。她们常常闹意见，只因为我母亲的和气榜样，她们还不曾有公然相骂相打的事。她们闹事时，只是不说话，不答话，把脸放下来，叫人难看；二嫂生气时，脸色变青，更是怕人。她们对我母亲闹气时，也是如此。我起初全不懂得这一套，后来也渐渐懂得看人的脸色了。我渐渐明白，世间最可厌恶的事莫如一张生气的脸；世间最下流的事莫如把生气的脸摆给旁人看。这比打骂还难受。

我母亲的气量大，性子好，又因为做了后母后婆，她更事事留心，事事格外容忍。大哥的女儿比我只小一岁，她的饮食衣服总是和我的一样。我和她有小争执，总是我吃亏，母亲总是责备我，要我事事让她。后来大嫂二嫂都生了儿子了，她们生气时便打骂孩子来出气，一面打，一面用尖刻有刺的话骂给别人听。我母亲只装作不听见。有时候，她实在忍不住了，便悄悄走出门去，或到左邻立大嫂家去坐一会儿，或走后门到后邻度嫂家去闲谈。她从不和两个嫂子吵一句嘴。

每个嫂子一生气，往往十天半个月不歇，天天走进走出，板着脸，咬着嘴，打骂小孩子出气。我母亲只忍耐着，忍到实在不可再忍的一天，她也有她的法子。这一天的天明时，她便不起床，轻轻地哭一场。她不骂一个人，只哭她的丈夫，哭她自己苦命，留不住她丈夫来照管她。她先哭时，声音很低，渐渐哭出声来。我醒了起来劝她，她不肯住。这时候，我总听得见前堂（二嫂住前堂东房）或后堂（大嫂住后堂西房）有一扇房门开了，一个嫂子走出房向厨房走去。不多一会儿，那位嫂子来敲我们的房门了。我开了房门，她走进来，捧着一碗热茶，送到我母亲床前，劝她止哭，请她喝口热茶。我母亲慢慢停住哭声，伸手接了茶碗。那位嫂子站着劝一会儿，才退出去。没有一句话提到什么人，也没有一个字提到这十天半个月来的气脸，然而各人心里明白，泡茶进来的嫂子总是那十天半个月来闹气的人。奇怪得很，这一哭之后，至少有一两个月的太平清静日子。

我母亲待人最仁慈，最温和，从来没有一句伤人感情的话。但她有时候也很有刚气，不受一点人格上的侮辱。我家五叔是个无正业的浪人，有一天在烟馆里发牢骚，说我母亲家中有事总请某人帮忙，大概总有什么好处给他。这句话传到了我母亲耳朵里，她气得大哭，请了几位本家来，把五叔喊来，她当面质问他，她给了某人什么好处。直到五叔当众认错赔罪，她才罢休。

我在我母亲的教训之下住了九年，受了她的极大极深的影响。我十四岁（其实只有十二岁零两三个月）便离开她了，在这广漠的人海里独自混了二十多年，没有一个人管束过我。如果我学得了一丝一毫的好脾气，如果我学得了一点点待人接物的和气，如果我能宽恕人，体谅人，我都得感谢我的慈母。

背影[1]

· 朱自清

我与父亲不相见已二年余了，我最不能忘记的是他的背影。

那年冬天，祖母死了，父亲的差使也交卸了，正是祸不单行的日子。我从北京到徐州，打算跟着父亲奔丧回家。到徐州见着父亲，看见满院狼藉的东西，又想起祖母，不禁簌簌地流下眼泪。父亲说："事已如此，不必难过，好在天无绝人之路！"

回家变卖典质，父亲还了亏空；又借钱办了丧事。这些日子，家中光景很是惨淡，一半为了丧事，一半为了父亲赋闲。丧事完毕，父亲要到南京谋事，我也要回北京念书，我们便同行。

到南京时，有朋友约去游逛，勾留了一日；第二日上午便

---

① 选自《朱自清散文》，朱自清著，北京：人民文学出版社，2014年1月。

须渡江到浦口，下午上车北去。父亲因为事忙，本已说定不送我，叫旅馆里一个熟识的茶房陪我同去。他再三嘱咐茶房，甚是仔细。但他终于不放心，怕茶房不妥帖；颇踌躇了一会儿。其实我那年已二十岁，北京已来往过两三次，是没有什么要紧的了。他踌躇了一会儿，终于决定还是自己送我去。我再三劝他不必去；他只说："不要紧，他们去不好！"

我们过了江，进了车站。我买票，他忙着照看行李。行李太多，得向脚夫行些小费，才可过去。他便又忙着和他们讲价钱。我那时真是聪明过分，总觉他说话不大漂亮，非自己插嘴不可。但他终于讲定了价钱，就送我上车。他给我拣定了靠车门的一张椅子，我将他给我做的紫毛大衣铺好座位。他嘱我路上小心，夜里要警醒些，不要受凉。又嘱托茶房好好照应我。我心里暗笑他的迂；他们只认得钱，托他们只是白托！而且我这样大年纪的人，难道还不能料理自己吗？唉，我现在想想，那时真是太聪明了！

我说道："爸爸，你走吧。"他往车外看了看，说："我买几个橘子去。你就在此地，不要走动。"我看那边月台的栅栏外有几个卖东西的等着顾客。走到那边月台，须穿过铁道，须跳下去又爬上去。父亲是一个胖子，走过去自然要费事些。我本来要去的，他不肯，只好让他去。我看见他戴着黑布小帽，穿着黑布大马褂，深青布棉袍，蹒跚地走到铁道边，慢慢探身下去，尚不大难。可是他穿过铁道，要爬上那边月台，就不容易了。他用两手攀着上面，两脚再向上缩；他肥胖的身子向左微倾，显出努力的样子。这时我看见他的背影，我的泪很快地流下来了。我赶紧拭干了泪。怕他看见，也怕别人看见。我再向外看时，他已抱了朱红的橘子往回走了。过铁道时，他先将橘子散放在地上，自己慢慢爬下，再抱起橘子走。到这边时，我赶紧去搀他。他和我走到车上，将橘子一股脑儿放在我的皮大衣上。于是扑扑衣上的泥土，心里很轻松似的。过一会儿说："我走了，到那边来信！"我望着他走出去。他走了几步，回过头看见我，说："进去吧，里边没人。"等他的背影混入来来往往的人里，再找不着了，我便进来坐下，我的眼泪又来了。

近几年来，父亲和我都是东奔西走，家中光景是一日不如一日。他少年出外谋生，独力支持，做了许多大事。哪知老境却如此颓唐！他触目伤怀，自然情不能自已。情郁于中，自然要发之于外；家庭琐屑便往往触他之怒。他待我渐渐不同往日。但最近两年不见，他终于忘却我的不好，只是惦记着我，惦记着我的儿子。我北来后，他写了一信给我，信中说道："我身体平安，唯膀子疼痛厉害，举箸提笔，诸多不便，大约大去之期不远矣。"我读到此处，在晶莹的泪光中，又看见那肥胖的、青布棉袍、黑布马褂的背影。唉！我不知何时再能与他相见！

祖父的园子（节选）[①]

· 萧红

呼兰河这小城里边住着我的祖父。

我生的时候，祖父已经六十多岁了。我长到四五岁，祖父就快七十了。

我家有一个大花园，这花园里蜂子、蝴蝶、蜻蜓、蚂蚱，样样都有。蝴蝶有白蝴蝶、黄蝴蝶。这种蝴蝶极小，不太好看。好看的是大红蝴蝶，满身带着金粉。

蜻蜓是金的，蚂蚱是绿的，蜂子则嗡嗡地飞着，满身绒毛，落到一朵花上，胖圆圆的就和一个小毛球似的不动了。

花园里边明晃晃的，红的红，绿的绿，新鲜漂亮。

---

① 选自《呼兰河传》，萧红著，南京：译林出版社，2020年8月。原文无标题，此标题为编者所加。

据说这花园，从前是一个果园。祖母喜欢吃果子就种了果园。祖母又喜欢养羊，羊就把果树给啃了。果树于是都死了。到我有记忆的时候，园子里就只有一棵樱桃树，一棵李子树，因为樱桃和李树都不大结果子，所以觉得它们是并不存在的。小的时候，只觉得园子里边就有一棵大榆树。

这榆树在园子的西北角上，来了风，这榆树先啸，来了雨，大榆树先就冒烟了。太阳一出来，大榆树的叶子就发光了，它们闪烁得和沙滩上的蚌壳一样了。

祖父一天都在后园里边，我也跟着祖父在后园里边。祖父戴一个大草帽，我戴一个小草帽；祖父栽花，我就栽花；祖父拔草，我就拔草。当祖父下种，种小白菜的时候，我就跟在后边，把那下了种的土窝，用脚一个一个地溜平。哪里会溜得准，东一脚地西一脚地瞎闹。有的把菜种不单没被土盖上，反而把菜籽踢飞了。

小白菜长得非常之快，没有几天就冒了芽了，一转眼就可以拔下来吃了。

祖父铲地，我也铲地。因为我太小，拿不动那锄头杆，祖父就把锄头杆拔下来，让我单拿着那个锄头的“头”来铲。其实哪里是铲，也不过趴在地上，用锄头乱勾一阵就是了。我也认不得哪个是苗，哪个是草。往往把韭菜当作野草一起割掉，把狗尾草当作谷穗留着。

等祖父发现我铲的那块满留着狗尾草的一片，他就问我：

“这是什么？”

我说：

“谷子。”

祖父大笑起来，笑得够了，把草摘下来问我：

“你每天吃的就是这个吗？”

我说：

“是的。”

我看着祖父还在笑，我就说：

“你不信，我到屋里拿来你看。”

我跑到屋里拿了鸟笼上的一头谷穗，远远地就抛给祖父了，说：

“这不是一样的吗？”

祖父慢慢地把我叫过去，讲给我听，说谷子是有芒针的。狗尾草则没有，只是毛嘟嘟的真像狗尾巴。

祖父虽然教我，我看了也并不细看，也不过马马虎虎承认下来就是了。一抬头看见了一个黄瓜长大了，跑过去摘下来，我又去吃黄瓜去了。

黄瓜也许没有吃完，又看见了一个大蜻蜓从旁飞过，于是丢了黄瓜又去追蜻蜓去了。蜻蜓飞得多么快，哪里会追得上？好在一开初也没有存心一定追上，所以站起来，跟了蜻蜓跑了几步就又去做别的去了。

采一个倭瓜[①]花心，捉一个大绿豆青蚂蚱，把蚂蚱腿用线绑上，绑了一会儿，也许把蚂蚱腿就绑掉，线头上拴了一只腿，而不见蚂蚱了。

玩腻了，又跑到祖父那里去乱闹一阵，祖父浇菜，我也抢过来浇，奇怪的就是并不往菜上浇。而是拿着水瓢，拼尽了力气，把水往天空里一扬，大喊着：

"下雨了，下雨了。"

太阳在园子里是特别大的，天空是特别高的。太阳的光芒四射，亮得使人睁不开眼睛，亮得蚯蚓不敢钻出地面来，蝙蝠不敢从什么黑暗的地方飞出来。是凡在太阳下的，都是健康的、漂亮的，拍一拍连大树都会发响的，叫一叫就是站在对面的土墙都会回答似的。

花开了，就像花睡醒了似的。鸟飞了，就像鸟上天了似的。虫子叫了，就像虫子在说话似的。一切都活了。都有无限的本领，要做什么，就做什么。要怎么样，就怎么样。都是自由的。倭瓜愿意爬上架就爬上架，愿意爬上房就爬上房。黄瓜愿意开一个黄花，就开一个黄花，愿意结一个黄瓜，就结一个黄瓜。若都不愿意，就是一个黄瓜也不结，一朵花也不开，也

---

① 即南瓜。

没有人问它。玉米愿意长多高就长多高，它若愿意长上天去，也没有人管。蝴蝶随意地飞，一会儿从墙头上飞来一对黄蝴蝶，一会儿又从墙头上飞走了一个白蝴蝶。它们是从谁家来的，又飞到谁家去？太阳也不知道这个。

只是天空蓝悠悠的，又高又远。

可是白云一来了的时候，那大团的白云，好像撒了花的白银似的，从祖父的头上经过，好像要压到了祖父的草帽那么低。

我玩累了，就在房子底下找个阴凉的地方睡着了。不用枕头，不用席子，就把草帽遮在脸上就睡了。

辑二

想念，往往不是刻意的

鲁迅先生的笑声是明朗的，是从心里的欢喜。若有人说了什么可笑的话，鲁迅先生笑得连烟卷都拿不住了，常常是笑得咳嗽起来。

一个戴水獭皮帽子的朋友[1]

· 沈从文

我由武陵（常德）过桃源时，坐在一辆新式黄色公共汽车上。车从很平坦的沿河大堤公路上奔驰而去，我身边还坐定了一个懂人情有趣味的老朋友，这老友正特意从武陵县伴我过桃源县。他也可以说是一个“渔人”，因为他的头上，戴的是一顶价值四十八元的水獭皮帽子，这顶帽子经过沿路地方时，却很能引起一些年轻娘儿们注意的。这老友是武陵地域中心春申君墓旁杰云旅馆的主人。常德、河洑、周溪、桃源，沿河近百里路以内“吃四方饭”的标致娘儿们，他无一不特别

① 选自《沈从文散文》，沈从文著，北京：人民文学出版社，2013年11月。

熟习[①]；许多娘儿们也就特别熟习他那顶水獭皮帽子。但照他自己说，使他迷路的那点年龄业已过去了，如今一切已满不在乎，白脸长眉毛的女孩子再不使他心跳，水獭皮帽子，也并不需要娘儿们眼睛放光了。他今年还只三十五岁。十年前，在这一带地方凡有他撒野机会时，他从不放过那点机会。现在既已规规矩矩做了一个大旅馆的大老板，童心业已失去，就再也不胡闹了。当他二十五岁左右时，大约就有四十左右女人净白的胸膛被他亲近过。我坐在这样一个朋友的身边，想起国内无数中学生，在国文班上很认真地读陶靖节《桃花源记》情形，真觉得十分好笑。同这样一个朋友坐了汽车到桃源去，似乎太幽默了。

朋友还是个爱玩字画也爱说野话的人。从汽车眺望平堤远处，薄雾里错落有致的平田、房子、树木，全如敷了一层蓝灰，一切极爽心悦目。汽车在大堤上跑去，又极平稳舒服。朋友口中糅合了雅兴与俗趣，带点儿惊讶嚷道：

“这野杂种的景致，简直是画！”

“自然是画！可是是谁的画？”我说，“牯子[②]大哥，你以为是谁的画？”我意思正想考问一下，看看我那朋友对于中

---

① 意为熟悉。作者个人的习惯用词，后文同，不再加注。

② 阉割过的公牛。乡下用来开玩笑的粗话。

国画一方面的知识。

他笑了。“沈石田这狗养的，强盗一样好大胆的手笔！”说时还用手比画着，“这里一笔，那边一扫，再来磨磨蹭蹭，十来下，成了。”

我自然不能同意这种赞美，因为朋友家中正收藏了一个沈周手卷，姓名真，画笔并不佳，出处是极可怀疑的。说句老实话，当前从窗口入目的一切，潇洒秀丽中带点雄浑苍莽气概，还得另外找寻一句恰当的比拟，方能相称啊。我在沉默中的意见，似乎被他看明白了，他就说：“看，牯子老弟你看，这点山头，这点树，那一片林梢，那一抹轻雾，真只有王麓台那野狗干的画得出。因为他自己活到八九十岁，就真像只老狗。”

这一下可被他“猜”中了。我说：

“这一下可被你说中了。我正以为目前远远近近风物极和王麓台卷子相近；你有他的扇面，一定看得出。因为它很巧妙地混合了秀气与沉郁，又典雅，又恬静，又不做作。不过有时笔不免脏脏的。”

“好，有的是你这文章魁首的形容！人老了，不大肯洗脸洗手，怎么不脏……”接着他就使用了一大串野蛮字眼儿，把我喊作小公牛，且把他自己水獭皮帽子向上翻起的封耳，拉下来遮盖了那两只冻得通红的耳朵，于是大笑起来了。仿佛第一次所说的话，本不过是为了引起我对于窗外景致注意而说，如今见我业已注意，充满兴趣地看车窗外离奇景色，他便很快乐地笑了。

他掣着我的肩膊很猛烈地摇了两下，我明白那是他极高兴的表示。我说："牯子大哥，你怎么不学画呢？你一动手，就会弄得很高明的！"

"我讲，牯子老弟，别丢我吧。我也像是一个仇十洲，但是只会画妇人的肚皮，真像你说，'弄得很高明'的！你难道不知道我是个什么人吗？鼻子一抹灰，能冒充绣衣哥吗？"

"你是个妙人。绝顶的妙人。"

"绣衣哥，得了，什么庙人、寺人，谁来割我的××？我还预备割掉许多男人的××，省得他们装模作样，在妇人面前露脸！我讨厌他们那种样子！"

"你不讨厌的。"

"牯子老弟，有的是你这绣衣哥说的。不看你面上，我一定要……"

这个朋友言语行为皆粗中有细，且带点儿妩媚，可算得是个妙人！

这个人脸上不疤不麻，身个儿比平常人略长一点，肩膊宽宽的，且有两只体面干净的大手，初初一看，可以知道他是个军队中吃粮子上饭跑四方人物，但也可以说他是一个准绅士。从五岁起就欢喜同人打架，为一点儿小事，不管对面的一个大过他多少，也一面辱骂一面挥拳打去。不是打得人鼻青脸肿，就是被人打得满脸血污。但人长大到二十岁后，虽在男子面前还常常挥拳比武，在女人面前，却变得异常温柔起来，样子显得很懂事怕事。到了三十岁，处世便更谦和了，生平书读得虽不多，却善于用书，在一种近于奇迹的情形中，这人无师自通，写信办公事时，笔下都很可观。为人性情又随和又不马虎，一切看人来，在他认为是好朋友的，掏出心子不算回事；可是遇着另外一种老想占他一点儿便宜的人呢，就完全不同了。——也就因此在一般人中他的毁誉是平分的：有人称他为豪杰，也有人叫他作坏蛋。但不妨事，把两种性格两个人格拼合拢来，这人才真是一个活鲜鲜的人！

十三年前我同他在一只装军服的船上，向沅水上游开去，船当天从常德开头，泊到周溪时，天已快要夜了。那时空中正落着雪子，天气很冷，船顶船舷都结了冰。他为的是惦念到岸上一个长眉毛白脸庞小女人，便穿了崭新绛色缎子的猞猁皮马褂，从那为冰雪冻结了的大小木筏上慢慢地爬过去，一不小心便落了水。一面大声嚷“牯子老弟，这下我可完了”，一面还是笑着挣扎。待到努力从水中挣扎上船时，全身早已为冰冷的水弄湿了。但他换了一件新棉军服外套后，却依然很高兴地从木筏上爬拢岸边，到他心中惦念那个女人身边睡觉去了。三年前，我因送一个朋友的孤雏转回湘西时，就在他的旅馆中，看了他的藏画一整天。他告我，有幅文徵明的山水，好得很，终于被一个小婊子婆娘攫走，十分可惜。到后一问，才知道原来他把那画卖了三百块钱，为一个小娼妇点蜡烛挂了一次衣。现在我又让那个接客的把行李搬到这旅馆中来了。

见面时我喊他："牯子大哥，我又来了，不认识我了吧。"

他正站在旅馆天井中分派用人抹玻璃，自己却用手抹着那顶绒头极厚的水獭皮帽子，一见到我就赶过来用两只手同我握手，握得我手指酸痛，大声说道："咳，咳，你这个小骚牯子又来了，什么风吹来的？妙极了，使人正想死你！"

"什么话，近来心里闲得想到北京城老朋友头上来了吗？"

"什么画，壁上挂——当天赌咒，天知道，我正如何念你！"

这自然是一句真话，粮子上出身的人物，对好朋友说谎，原看成为一种罪恶。他想念我，只因为他新近花了四十块钱，买得一本倪元璐所摹写的武侯前后《出师表》。他既不知道这东西是从岳飞石刻《出师表》临来的，末尾那两颗巴掌大的朱红印记，把他更弄糊涂了。照外行人说来，字既然写得极其“飞舞”，四百也不觉得太贵，他可不明白那个东西应有的价值，又不明出处。花了那一笔钱，从一个川军退伍军官处把它弄到手，因此想着我来了。于是我们一面说点十年前的有趣野话，一面就到他的房中欣赏宝物去了。

这朋友年轻时，是个绿营中正标守兵名分的巡防军，派过中营衙门办事，在花园中栽花养金鱼。后来改做了军营里的庶务，又做过两次军需，又做过一次参谋。时间使一些英雄美人成尘成土，把一些傻瓜坏蛋变得又富又阔；同样地，到这样一个地方，我这个朋友，在一堆倏然而来悠然而逝的日子中，也就做了武陵县一家最清洁安静的旅馆主人，且同时成为爱好古玩字画的“风雅”人了。他既收买了数量可观的字画，还有好些铜器与瓷器，收藏的物件泥沙杂下，并不如何稀罕。但在那么一个小小地方，在他那种经济情形下，能力却可以说尽够人敬服了。若有什么风雅人由北方或由福建、广东，想过桃源去看看，从武陵过身时，能泰然坦然把行李搬进他那个旅馆去。到了那个地方，看看过厅上的芦雁屏条，同长案上一切陈设，便会明白宾主之间实有同好，这一来，凡事皆好说了。

还有那向湘西上行过川黔考察方言歌谣的先生们，到武陵时最好就是到这个旅馆来下榻。我还不曾遇见过什么学者，比这个朋友更能明白中国格言、谚语的用处。他说话全是活的，即便是诨话野话，也莫不各有出处，言之成章。而且妙趣百出，庄谐杂陈。他那言语比喻丰富处，真像是大河流水，永无穷尽。在那旅馆中住下，一面听他詈骂用人，一面使我就想起在北京城圈里编国语大辞典的诸先生，为一句话一个字的用处，把《水浒》《金瓶梅》《红楼梦》……以及其他所有元明清杂剧小说翻来翻去，剪破了多少书籍！若果他们能够来到这旅馆里，故意在天井中撒一泡尿，或装作无心的样子，把些瓜果皮壳脏东西从窗口随意抛出去，或索性当着这旅馆老板面前，做点不守规矩、缺少理性的行为。好，等着你就听听那做老板的骂出稀奇古怪字眼儿，你会觉得原来这里还搁下了一本活生生大辞典！倘若有个社会经济调查团，想从湘西弄到点材料，这旅馆也是最好下榻的处所。因为辰河沿岸码头的税收、烟价、妓女，以及桐油、朱砂的出处行价，各个码头上管事的头目姓名脾气，他知道的也似乎比县衙门里"包打听"还更清楚。——他事情懂得多哩！

只因我已十多年不再到这条河上，一切皆极生疏了，他便特别热心，答应伴送我过桃源，为我租雇小船，照料一切。

十二点钟我们从武陵动身，一点半钟左右，汽车就到了桃源县停车站。我们下了车，预备去看船时，几件行李成为极麻烦的问题了。老朋友说，若把行李带去，到码头边叫小划子时，那些吃水上饭的人，会“以逸待劳”，把价钱放在一个高点上，使我们无法对付的。若把行李寄放到另外一个地方，空手去看船，我们便又“以逸待劳”了。我信任了老朋友的主张，照他的意思，一到桃源站，我们就把行李送到一个卖酒曲的人家去。到了那酒曲铺子，拿烟的是个四十岁左右的中年胖妇人，他的干亲家。倒茶的是个十五六岁的白脸长身头发黑亮亮的女孩子，腰身小，嘴唇小，眼目清明如两粒水晶球儿，见人只是转个不停。论辈数，说是干女儿呢。坐了一阵，两人方离开那人家洒着手下河边去。在河街上一个旧书铺里，一帧无名氏的山水小景牵引了他的眼睛，二十块钱把画买定了。再到河边去看船，船上人知道我是那个大老板的熟人，价钱倒很容易说妥了。来回去让船总写保单，取行李，一切安排就绪，时间已快到半夜了。我那小船明天一早方能开头，我就邀他在船上住一夜。他却说酒曲铺子那个十五年前老伴的女儿，正炖了一只母鸡等着他去消夜。点了一段废缆子，很快乐地跳上岸摇着晃着匆匆走去了。

他上岸从一些吊脚楼柱下转入河街时，我还听到河街一哨兵喊口号，他大声答着“百姓”，表明他的身份。第二天天刚发白，我还没醒，小船就已向上游开动了。大约已经走了三里路，却听得岸上有个人喊我的名字，沿岸追来，原来是他从热被里脱出赶来送我的行的。船傍了岸。天落着雪，他站在船头一面抖去肩上雪片，一面质问弄船人，为什么船开得那么早。

我说："牯子大哥，你怎么的，天气冷得很，大清早还赶来送我！"

他钻进舱里笑着轻轻地向我说："牯子老弟，我们看好了的那幅画，我不想买了。我昨晚上还看过更好的一本册页！"

"什么人画的？"

"当然仇十洲。我怕仇十洲那杂种也画不出。牯子老弟，好得很……"话不说完他就大笑起来。我明白他话中所指了。

"你又迷路了吗？你不是说自己年已老了吗？"

"到了桃源还不迷路吗？自己虽老别人可年轻！牯子老弟，你好好地上船吧，不要胡思乱想我的事情，回来时仍住到我的旅馆里，让我再照料你上车吧。"

"一路复兴，一路复兴！"那么嚷着，于是他同豹子一样，一纵又上了岸，船就开了。

怀李叔同先生[①]

· 丰子恺

距今二十九年前，我十七岁的时候，最初在杭州的浙江省立第一师范学校里见到李叔同先生，即后来的弘一法师。那时我是预科生，他是我们的音乐教师。我们上他的音乐课时，有一种特殊的感觉：严肃。摇过预备铃，我们走向音乐教室，推门进去，先吃一惊：李先生早已端坐在讲台上。以为先生总要迟到而嘴里随便唱着、喊着，或笑着、骂着而推门进去的同学，吃惊更是不小。他们的唱声、喊声、笑声、骂声以门槛为界限而忽然消灭。接着是低着头，红着脸，去端坐在自己的位子里。端坐在自己的位子里偷偷地仰起头来看看，看见李先生

① 选自《丰子恺散文选集》，丰子恺著，丰华瞻、戚志蓉编，上海：上海文艺出版社，1981年5月。

的高高的瘦削的上半身穿着整洁的黑布马褂，露出在讲桌上，宽广得可以走马的前额、细长的凤眼、隆正的鼻梁，形成威严的表情。扁平而阔的嘴唇两端常有深窝，显示和蔼的表情。这副相貌，用“温而厉”三个字来描写，大概差不多了。讲桌上放着点名簿、讲义，以及他的教课笔记簿、粉笔。钢琴衣解开着，琴盖开着，谱表摆着，琴头上又放着一只时表，闪闪的金光直射到我们的眼中。黑板（是上下两块可以推动的）上早已清楚地写好本课内所应写的东西（两块都写好，上块盖着下块，用下块时把上块推开）。在这样布置的讲台上，李先生端坐着。坐到上课铃响后（后来我们知道他这脾气，上音乐课必早到。故上课铃响时，同学早已到齐），他站起身来，深深地一鞠躬，课就开始了。这样上课，空气严肃得很。

有一个人上音乐课时不唱歌而看别的书，有一个人上音乐课时吐痰在地板上，以为李先生看不见的，其实他都知道。但他不立刻责备，等到下课后，他用很轻而严肃的声音郑重地说：“某某等一等出去。”于是这位某某同学只得站着。等到别的同学都出去了，他又用轻而严肃的声音向这某某同学和气地说：“下次上课时不要看别的书。”或者：“下次痰不要吐在地板上。”说过之后他微微一鞠躬，表示“你出去吧”。出来的人大都脸上发红。又有一次下音乐课，最后出去的人无心把门一拉，碰得太重，发出很大的声音，他走了数十步之后，李先生走出门来，满面和气地叫他转来。等他到了，李先生又叫他进教室来。进了教室，李先生用很轻而严肃的声音向他和气地说："下次走出教室，轻轻地关门。"就对他一鞠躬，送他出门，自己轻轻地把门关了。最不易忘却的，是有一次上弹琴课的时候。我们是师范生，每人都要学弹琴，全校有五六十架风琴及两架钢琴。风琴每室两架，给学生练习用；钢琴一架放在唱歌教室里，一架放在弹琴教室里。上弹琴课时，十数人为一组，环立在琴旁，看李先生范奏。有一次正在范奏的时候，有一个同学放了一个屁，没有声音，却是很臭。钢琴及李先生和十数同学全部沉浸在亚莫尼亚气体中。同学大都掩鼻或发出讨厌的声音。李先生眉头一皱，管自弹琴（我想他一定屏息着）。弹到后来，亚莫尼亚气散光了，他的眉头方才舒展。教完以后，下课铃响了。李先生立起来一鞠躬，表示散课。散课以后，同学还未出门，李先生又郑重地宣告："大家等一等去，还有一句话。"大家又肃立了。李先生又用很轻而严肃的声音和气地说："以后放屁，到门外去，不要放在室内。"接着又一鞠躬，表示叫我们出去。同学都忍着笑，一出门来，大家快跑，跑到远处去大笑一顿。

李先生用这样的态度来教我们音乐，因此我们上音乐课时，觉得比上其他一切课更严肃。同时对于音乐教师李叔同先生，比对其他教师更敬仰。那时的学校，首重的是所谓"英、国、算”，即英文、国文和算学。在别的学校里，这三门功课的教师最有权威；而在我们这师范学校里，音乐教师最有权威，因为他是李叔同先生的缘故。

李叔同先生为什么能有这种权威呢？不仅为了他学问好，不仅为了他音乐好，主要的还是为了他态度认真。李先生一生的最大特点是“认真”。他对于一件事，不做则已，要做就非做得彻底不可。

他出身于富裕之家，他的父亲是天津有名的银行家。他是第五位姨太太所生。他父亲生他时，年已七十二岁。他坠地后就遭父丧，又逢家庭之变，青年时就陪了他的生母南迁上海。在上海南洋公学读书奉母时，他是一个翩翩公子。当时上海文坛有著名的沪学会，李先生应沪学会征文，名字屡列第一。从此他就为沪上名人所器重而交游日广，终以“才子”驰名于当时的上海。所以后来他母亲死了，他赴日本留学的时候，作一首《金缕曲》，词曰：“披发佯狂走。莽中原暮鸦啼彻几株衰柳。破碎河山谁收拾，零落西风依旧。便惹得离人消瘦。行矣临流重太息，说相思刻骨双红豆。愁黯黯，浓于酒。漾情不断淞波溜。恨年年絮飘萍泊，遮难回首。二十文章惊海内，毕竟空谈何有！听匣底苍龙狂吼。长夜西风眠不得，度群生那惜心肝剖。是祖国，忍辜负？”读这首词，可想见他当时豪气满胸，爱国热情炽盛。他出家时把过去时的照片统统送我，我曾在照片中看见过当时在上海的他：丝绒帽，正中缀一方白玉，曲襟背心，花缎袍子，后面挂着胖辫子，底下缎带扎脚管，双梁厚底鞋子，头抬得很高，英俊之气，流露于眉目间。真是当时上海一等一的翩翩公子。这是最初表示他的特性：凡事认真。他立意要做翩翩公子，就彻底地做一个翩翩公子。

后来他到日本，看见明治维新的文化，就渴慕西洋文明。他立刻放弃了翩翩公子的态度，改做一个留学生。他入东京美术学校，同时又入音乐学校。这些学校都是模仿西洋的，所教的都是西洋画和西洋音乐。李先生在南洋公学时英文学得很好；到了日本，就买了许多西洋文学书。他出家时曾送我一部残缺的原本《莎士比亚全集》，他对我说："这书我从前细读过，有许多笔记在上面，虽然不全，也是纪念物。"由此可想见他在日本时，对于西洋艺术全面进攻，绘画、音乐、文学、戏剧都研究。后来他在日本创办春柳剧社，纠集留学同志，共演当时西洋著名的悲剧《茶花女》（小仲马著）。他自己把腰束小，扮作茶花女，粉墨登场。这照片，他出家时也送给我，一向归我保藏，直到抗战时为兵火所毁。现在我还记得这照片：卷发，白的上衣，白的长裙拖着地面，腰身小到一把，两手举起托着后头，头向右歪侧，眉峰紧蹙，眼波斜睇，正是茶花女自伤命薄的神情。另外还有许多演剧的照片，不可胜记。

这春柳剧社后来迁回中国，李先生就脱出，由另一班人去办，便是中国最初的“话剧”社。由此可以想见，李先生在日本时，是彻头彻尾的一个留学生。我见过他当时的照片：高帽子、硬领、硬袖、燕尾服、史的克、尖头皮鞋，加之长身、高鼻，没有脚的眼镜夹在鼻梁上，竟活像一个西洋人。这是第二次表示他的特性：凡事认真。学一样，像一样。要做留学生，就彻底地做一个留学生。

他回国后，在上海太平洋报社当编辑。不久，就被南京高等师范请去教图画、音乐。后来又应杭州师范之聘，同时兼任两个学校的课，每月中半个月住南京，半个月住杭州。两校都请助教，他不在时由助教代课。我就是杭州师范的学生。这时候，李先生已由留学生变为“教师”。这一变，变得真彻底：漂亮的洋装不穿了，却换上灰色粗布袍子、黑布马褂、布底鞋子，金丝边眼镜也换了黑的钢丝边眼镜。他是一个修养很深的美术家，所以对于仪表很讲究。虽然布衣，却很称身，常常整洁。他穿布衣，全无穷相，而另具一种朴素的美。你可想见，他是扮过茶花女的，身材生得非常窈窕。穿了布衣，仍是一个美男子。“淡妆浓抹总相宜”，这诗句原是描写西子的，但拿来形容我们的李先生的仪表，也很适用。今人侈谈“生活艺术化”，大都好奇立异，非艺术的。李先生的服装，才真可称为生活的艺术化。他一时代的服装，表出这一时代的思想与生活。各时代的思想与生活判然不同，各时代的服装也判然不同。布衣布鞋的李先生，与洋装时代的李先生、曲襟背心时代的李先生，判若三人。这是第三次表示他的特性：认真。

我二年级时，图画归李先生教。他教我们木炭石膏模型写生。同学一向描惯临画，起初无从着手。四十余人中，竟没有一个人描得像样的。后来他范画给我们看，画毕把范画揭在黑板上。同学们大都看着黑板临摹，只有我和少数同学，依他的方法从石膏模型写生。我对于写生，从这时候开始发生兴味。我到此时，恍然大悟：那些粉本原是别人看了实物而写生出来的。我们也应该直接从实物写生入手，何必临摹他人，依样画葫芦呢？于是我的画进步起来。此后李先生与我接近的机会更多。因为我常去请他教画，又教日本文。以后的李先生的生活，我所知道的较为详细。他本来常读性理的书，后来忽然信了道教，案头常常放着道藏。那时我还是一个毛头青年，谈不到宗教。李先生除绘事外，并不对我谈道。但我发现他的生活日渐收敛起来，仿佛一个人就要动身赴远方时的模样。他常把自己不用的东西送给我。他的朋友日本画家大野隆德、河合新藏、三宅克己等到西湖来写生时，他带了我去请他们吃一次饭，以后就把这些日本人交给我，叫我引导他们（我当时已能讲普通应酬的日本话）。他自己就关起房门来研究道学。有一天，他决定入大慈山去断食，我有课事，不能陪去，由校工闻玉陪去。数日之后，我去望他。见他躺在床上，面容消瘦，但精神很好，对我讲话，同平时差不多。他断食共十七日，由闻玉扶起来，摄一个影，影片上端由闻玉题字：“李息翁先生断食后之像，侍子闻玉题。”这照片后来制成明信片分送朋友。像的下面用铅字排印着：“某年月日，入大慈山断食十七日，身心灵化，欢乐康强——欣欣道人记。”李先生这时候已由“教师”一变而为“道人”了。学道就断食十七日，也是他凡事“认真”的表示。

但他学道的时间很短。断食以后，不久他就学佛。他自己对我说，他的学佛是受马一浮先生指示的。出家前数日，他同我到西湖玉泉去看一位程中和先生。这程先生原来是当军人的，现在退伍，住在玉泉，正想出家为僧。李先生同他谈了很久。此后不久，我陪大野隆德到玉泉去投宿，看见一个和尚坐着，正是这位程先生。我想称他“程先生”，觉得不合，想称他法师，又不知道他的法名（后来知道是弘伞），一时周章得很。我回去对李先生讲了，李先生告诉我，他不久也要出家为僧，就做弘伞的师弟。我愕然不知所对。过了几天，他果然辞职，要去出家。出家的前晚，他叫我和同学叶天瑞、李增庸三人到他的房间里，把房间里所有的东西送给我们三人。第二天，我们三人送他到虎跑。我们回来分得了他的“遗产”，再去望他时，他已光着头皮，穿着僧衣，俨然一位清癯的法师了。我从此改口，称他为“法师”。法师的僧腊二十四年。这二十四年中，我颠沛流离，他一贯到底，而且修行功夫愈进愈深。当初修净土宗，后来又修律宗。律宗是讲究戒律的，一举一动，都有规律，严肃认真之极。这是佛门中最难修的一宗。数百年来，传统断绝，直到弘一法师方才复兴，所以佛门中称他为“重兴南山律宗第十一代祖师”。他的生活非常认真。举一例说：有一次我寄一卷宣纸去，请弘一法师写佛号。宣纸多了些，他就来信问我，余多的宣纸如何处置？又有一次，我寄回件邮票去，多了几分，他把多的几分寄还我。以后我寄纸或邮票，就预先声明：余多的送与法师。有一次他到我家，我请他藤椅子里坐，他把藤椅子轻轻摇动，然后慢慢地坐下去。起先我不敢问，后来看他每次都如此，我就启问。法师回答我说：“这椅子里头，两根藤之间，也许有小虫伏着。突然坐下去，要把它们压死，所以先摇动一下，慢慢地坐下去，好让它们走避。”读者听到这话，也许要笑，但这正是做人极度认真的表示。

如上所述，弘一法师由翩翩公子一变而为留学生，又变而为教师，三变而为道人，四变而为和尚。每做一种人，都做得十分像样。好比全能的优伶：起青衣像个青衣，起老生像个老生，起大面又像个大面……都是“认真”的缘故。

现在弘一法师在福建泉州圆寂了。噩耗传到贵州遵义的时候，我正在束装，将迁居重庆。我发愿到重庆后替法师画像一百帧，分送各地信善，刻石供养。现在画像已经如愿了。我和李先生在世间的师弟尘缘已经结束，然而他的遗训——认真——永远铭刻在我心头。

关于徐志摩[①]

·梁实秋

文艺是有永久性的。好的作品永远也不会被人遗忘。志摩的作品在他生时即已享盛名，死后仍然是被许多真正爱好文艺的人所喜爱。最近我遇见几位真正认真写新诗的人，谈论起来都异口同声地说志摩的诗是最优秀的几个之一，值得研究欣赏。……我不拟批评他的成就，我现在且谈谈徐志摩这个人。他的为人全貌，不是我所能描绘的，我只是从普通的角度来测探他的性格之一斑。

普鲁士王佛得利克大帝[②]初见歌德，叹曰：“这才是一个

① 选自《梁实秋文集·第3卷》，梁实秋著，杨迅文主编，《梁实秋文集》编辑委员会编，厦门：鹭江出版社，2002年10月。

② 今译弗雷德里克大帝。

人！”在同一意义下，也许具体而微的，我们也可以估量徐志摩说：“这才是一个人！”我的意思是说，志摩是一个活力充沛的人。活力充沛的人在世间并不太多，往往要打着灯笼去找的。《世说新语》里有一则记载王导的风度：

> 王丞相拜扬州，宾客数百人并加沾接，人人有说色。惟有临海一客姓任及数胡人为未洽。公因便还到任边云：“君出，临海便无复人。”任大喜说。因过胡人前，弹指云：“兰阇、兰阇。”群胡同笑，四座并欢。

一个人能使四座并欢，并不专靠恭维应酬，他自己须辐射一种力量，使大家感到温暖。徐志摩便是这样的一个人。我记得在民国十七八年[①]之际，我们常于每星期六晚在胡适之先生极斯菲尔路寓所聚餐。胡先生也是一个生龙活虎一般的人，但于和蔼中寓有严肃，真正一团和气使四座并欢的是志摩。他有时迟到，举座奄奄无生气，他一赶到，像一阵旋风卷来，横扫四座，又像是一把火炬，把每个人的心都点燃。他有说，有笑，有表情，有动作，至不济也要在这个的肩上拍一下，那一个的脸上摸一把，不是腋下夹着一卷有趣的书报，便是袋里藏

① 指1928年至1929年。

着有趣的信札，弄得大家都欢喜不置[①]。自从志摩死后，我所接触的人还不曾有一个在这一点上能比得上他。但是因此也有人要批评他，说他性格太浮。这批评也是对的。他的老师梁任公先生在给他与陆小曼结婚典礼中证婚时便曾当众指着他说："徐志摩！你这个人性情太浮，所以学问做不好！……"这是志摩的又一面。

志摩对任何人从无疾言厉色。我不曾看见过他和人吵过架，也不曾看见过他和人打过笔墨仗。我们住在上海的时候，文艺界正在多事之秋，所谓"左翼"，所谓"普罗文学"，正在锣鼓喧天，苏俄的文艺政策正由鲁迅翻译出来而隐隐然支配着若干大小据点。《新月》杂志是在这个时候在上海问世的。第一卷第一期卷首的一篇宣言《我们的态度》[②]，内中揭橥[③]"尊严"与"健康"二义，是志摩的手笔，虽然他没有署名。《新月》的总编辑，我和志摩都先后担任过。志摩时常是被人攻击的目标之一，他从不曾反击，有人说他怯懦，有人说他宽容。他的精神和力量用在文艺创作上，则是一项无可否认的事实。《新月》杂志在文艺方面如有一点成绩，志摩的贡献

---

① 意为欢喜不止、开心不已。不置，不停止。

② 此处作者记忆有误，应为《新月的态度》。

③ 揭示，显示。橥，音同猪，用来做标记的小木桩。

是最多的一个。

志摩的家世很优裕，他的父亲是银号的经理，他在英国在德国又住了很久，所以他有富家子的习惯外加上一些洋气，总之颇有一点任性。民国十六年[①]，暨南大学改组，由郑洪年任校长。叶公超为外文系主任，我也在那里教书，我们想把志摩也拖去教书，郑洪年不肯，他说："徐志摩？此人品行不端！"其实他的"品行不端"处究竟何在，我倒是看不出来。平心而论，他只是任性而已。他的离婚再娶，我不大明白，不敢议论。在许多小节上，可以看出他的一些性格。他到过印度，认识了印度的诗人泰戈尔，颇心仪其人。除了招待泰戈尔到中国来了一趟之外，后来他还在福煦新村寓所里三层楼的亭子间布置了一间印度式的房间，里面没有桌椅，只有堆满软靠垫的短榻和厚茸茸的地毯，他进入里面随便地打滚。他在光华大学也教一点书，但他不是职业的教师，他是一个浪漫的自由主义者。他曾对我说过，"尊严"与"健康"的那篇宣言，不但纠正时尚，也纠正了他自己。他所最服膺的一个人是胡适之先生，胡先生也最爱护他。听说胡先生之所以约他到北平大学去教书，实在的动机是要他离开烦嚣的上海，改换一种较朴素的北平式的生活。不料因此而遭遇到意外的惨死。

---

① 指1927年。

志摩在回忆里[①]

· 郁达夫

新诗传宇宙，竟尔乘风归去，同学同庚，老友如君先宿草。

华表托精灵，何当化鹤重来，一生一死，深闺有妇赋招魂。

这是我托杭州陈紫荷先生代作代写的一副挽志摩的挽联。陈先生当时问我和志摩的关系，我只说他是我自小的同学，又是同年，此外便是他这一回的很适合他身份的死。

作挽联我是不会作的，尤其是文言的对句。而陈先生也想

① 选自《郁达夫散文》，郁达夫著，上海：上海科学技术文献出版社，2012年10月。

了许多成句，如“高处不胜寒”“犹是深闺梦里人”之类，但似乎都寻不出适当的上下对，所以只成了上举的一联。这挽联的好坏如何，我也不晓得，不过我觉得文句作得太好，对仗对得太工，是不大适合于哀挽的本意的。悲哀的最大表示，是自然的目瞪口呆，僵若木鸡的那一种样子，这我在小曼夫人当初次接到志摩的凶耗的时候曾经亲眼见到过。其次是抚棺的一哭，这我在万国殡仪馆中，当日来吊的许多志摩的亲友之间曾经看到过。至于哀挽诗词的工与不工，那却是次而又次的问题了。我不想说志摩是如何如何的伟大，我不想说他是如何如何的可爱，我也不想说我因他之死而感到怎么怎么的悲哀，我只想把在记忆里的志摩来重描一遍，因而再可以想见一次他那副凡见过他一面的人谁都不容易忘去的面貌与音容。

大约是在宣统二年（一九一〇）的春季，我离开故乡的小市，去转入当时的杭府中学读书——上一期似乎是在嘉兴府中读的，终因路远之故而转入了杭府——那时候府中的监督，记得是邵伯炯先生，寄宿舍是大方伯的图书馆对面。

当时的我，是初出茅庐的一个十四岁未满的乡下少年，突然间闯入了省府的中心，周围万事看起来都觉得新异怕人。所以在宿舍里，在课堂上，我只是诚惶诚恐，战战兢兢，同蜗牛似的蜷伏着，连头都不敢伸一伸出壳来。但是同我的这一种畏缩态度正相反的，在同一级同一宿舍里，却有两位奇人在跳跃活动。

一个是身体生得很小，而脸面却是很长，头也生得特别大的小孩子。我当时自己当然总也还是一个小孩子，然而看见了他，心里却老是在想：“这顽皮小孩，样子真生得奇怪。”仿佛我自己已经是一个大孩似的。还有一个日夜和他在一块，最爱做种种淘气的把戏，为同学中间的爱戴集中点的，是一个身材长得相当地高大，面上也已经满示着成年的男子的表情，由我那时候的心里猜来，仿佛是年纪总该在三十岁以上的大人——其实呢，他也不过和我们上下年纪而已。

他们俩，无论在课堂上或在宿舍里，总在交头接耳地密谈着，高笑着，跳来跳去，和这个那个闹闹，结果却终于会出其不意地做出一件很轻快很可笑很奇特的事情来吸收大家的注意的。

而尤其使我惊异的，是那个头大尾巴小，戴着金边近视眼镜的顽皮小孩，平时那样地不用功，那样地爱看小说——他平时拿在手里的总是一卷有光纸上印着石印细字的小本子——而考起来或作起文来却总是分数得得最多的一个。

像这样地和他们同住了半年宿舍，除了有一次两次也上了他们一点小当之外，我和他们终究没有发生什么密切一点的关系；后来似乎我的宿舍也换了，除了在课堂上相聚在一块儿之外，见面的机会更加少了。年假之后第二年的春天，我不晓为了什么，突然离去了府中，改入了一个现在似乎也还没有关门的教会学校。从此之后，一别十余年，我和这两位奇人——一个小孩，一个大人——终于没有遇到的机会。虽则在异乡漂泊的途中，也时常想起当日的旧事，但是终因为周围环境的迁移激变，对这微风似的少年时候的回忆，也没有多大的留恋。

民国十三四年——一九二三、四年[①]——之交，我混迹在北京的软红尘里。有一天风定日斜的午后，我忽而在石虎胡同的松坡图书馆里遇见了志摩。仔细一看，他的头，他的脸，还是同中学时候一样发育得分外地大，而那矮小的身材却不同了，非常之长大了，和他并立起来，简直要比我高一二寸的样子。

他的那种轻快磊落的态度，还是和孩时一样，不过因为历经了欧美的游程之故，无形中已经锻炼成了一个长于社交的人了。笑起来的时候，可还是同十几年前的那个顽皮小孩一色无二。

从这年后，和他就时时往来，差不多每礼拜要见好几次面。他的善于座谈，敏于交际，长于吟诗的种种美德，自然而

① 原文如此，但民国十三四年实为1924年和1925年。

然地使他成了一个社交的中心。当时的文人学者、达官丽姝，以及中学时候的倒霉同学，不论长幼，不分贵贱，都在他的客座上可以看得到。不管你是如何心神不快的时候，只教经他用了他那种浊中带清的洪亮的声音，“喂，老×，今天怎么样？什么什么怎么样了？”地一问，你就自然会把一切的心事丢开，被他的那种快乐的光耀同化了过去。

正在这前后，和他一次谈起了中学时候的事情，他却突然地呆了一呆，张大了眼睛惊问我说：“老李你还记得起记不起？他是死了哩！”

这所谓老李者，就是我在头上写过的那位顽皮大人，和他一道进中学的他的表哥哥。

其后他又去欧洲，去印度，交游之广，从中国的社交中心扩大而成为国际的。于是美丽宏博的诗句和清新绝俗的散文，也一年年地积多了起来。一九二七年的革命之后，北京变了北平，当时的许多中间阶级者就四散成了秋后的落叶。有些飞上了天去，成了要人，再也没有见到的机会了；有些也竟安然地在牖下到了黄泉；更有些，不死不生，仍复在歧路上徘徊着，苦闷着，而终于寻不到出路。是在这一种状态之下，有一天在上海的街头，我又忽而遇见志摩：“喂，这几年来你躲在什么地方？”

兜头的一喝，听起来仍旧是他那一种洪亮快活的声气。在路上略谈了片刻，一同到了他的寓里坐了一会儿，他就拉我一道到了大赉公司的轮船码头。因为午前他刚接到了无线电报，诗人太果尔[①]回印度的船系定在午后五时左右靠岸，他是要上船去看看这老诗人的病状的。

当船还没有靠岸，岸上的人和船上的人还不能够交谈的时候，他在码头上的寒风里立着——这时候似乎已经是秋季了——静静地、呆呆地对我说：

“诗人老去，又遭了新时代的摈斥，他老人家的悲哀，正是孔子的悲哀。”

因为太果尔这一回是新从美国、日本去讲演回来，在日本在美国都受了一部分新人的排斥，所以心里是不十分快活的；并且又因年老之故，在路上更染了一场重病。志摩对我说这儿句话的时候，双眼呆看着远处，脸色变得青灰，声音也特别地低。我和志摩来往了这许多年，在他脸上看出悲哀的表情来的事情，这实在是最初也便是最后的一次。

从这一回之后，两人又同在北京的时候一样，时时来往了。可是一则因为我的疏懒无聊，二则因为他跑来跑去地教书忙，这一两年间，和他聚谈时候也并不多。今年的暑假后，他于去北平之先曾大宴了三日客。头一天喝酒的时候，我和董

① 今通译为泰戈尔。

任坚先生都在那里。董先生也是当时杭府中学的旧同学之一，席间我们也曾谈到了当时的杭州。在他遇难之前，从北平飞回来的第二天晚上，我也偶然地，真真是偶然地，闯到了他的寓里。

那一天晚上，因为有许多朋友会聚在那里的缘故，谈谈说说，竟说到了十二点过。临走的时候，还约好了第二天晚上的后会才兹分散。但第二天我没有去，于是就永久失去了见他的机会了，因为他的灵柩到上海的时候是已经殓好了来的。

男人之中，有两种人最可以羡慕。一种是像高尔基一样，活到了六七十岁，而能写许多有声有色的回忆文的老寿星；其他的一种是如叶赛宁一样的光芒还没有吐尽的天才夭折者。前者可以写许多文学史上所不载的文坛起伏的经历，他个人就是一部纵的文学史。后者则可以要求每个同时代的文人都写一篇吊他哀他或评他骂他的文字，而成一部横的放大的文苑传。

现在志摩是死了，但是他的诗文是不死的，他的音容状貌可也是不死的，除非要等到认识他的人老老少少一个个都死完的时候为止。

一九三一年十二月十一日

附记：上面的一篇回忆写完之后，我想想，想想，又在陈先生代作的挽联里加入了一点事实，缀成了下面的四十二字：

三卷新诗，廿年旧友，与君同是天涯，只为佳人难再得。

一声河满，九点齐烟，化鹤重归华表，应愁高处不胜寒。

一九三一年十二月十九日

回忆鲁迅先生（节选）[①]

· 萧红

鲁迅先生的笑声是明朗的，是从心里的欢喜。若有人说了什么可笑的话，鲁迅先生笑得连烟卷都拿不住了，常常是笑得咳嗽起来。

鲁迅先生走路很轻捷，尤其使人记得清楚的，是他刚抓起帽子来往头上一扣，同时左腿就伸出去了，仿佛不顾一切地走去。

鲁迅先生不大注意人的衣裳，他说："谁穿什么衣裳我看不见的……"

鲁迅先生生的病，刚好了一点，他坐在躺椅上，抽着烟，那天我穿着新奇的大红的上衣，很宽的袖子。

---

① 选自《萧红散文》，萧红著，北京：人民文学出版社，2016年8月。

鲁迅先生说："这天气闷热起来，这就是梅雨天。"他把他装在象牙烟嘴上的香烟，又用手装得紧一点，往下又说了别的。

许先生忙着家务，跑来跑去，也没有对我的衣裳加以鉴赏。

于是我说："周先生，我的衣裳漂亮不漂亮？"

鲁迅先生从上往下看了一眼："不大漂亮。"

过了一会儿又接着说："你的裙子配的颜色不对，并不是红上衣不好看，各种颜色都是好看的，红上衣要配红裙子，不然就是黑裙子，咖啡色的就不行了；这两种颜色放在一起很浑浊……你没看到外国人在街上走的吗？绝没有下边穿一件绿裙子，上边穿一件紫上衣，也没有穿一件红裙子而后穿一件白上衣的……"

鲁迅先生就在躺椅上看着我："你这裙子是咖啡色的，还带格子，颜色浑浊得很，所以把红色衣裳也弄得不漂亮了。"

"……人瘦不要穿黑衣裳，人胖不要穿白衣裳；脚长的女人一定要穿黑鞋子，脚短就一定要穿白鞋子；方格子的衣裳胖人不能穿，但比横格子的还好；横格子的胖人穿上，就把胖子更往两边裂着，更横宽了，胖子要穿竖条子的，竖的把人显得长，横的把人显得宽……"

那天鲁迅先生很有兴致，把我一双短筒靴子也略略批评一下，说我的短靴是军人穿的，因为靴子的前后都有一条线织的拉手，这拉手据鲁迅先生说是放在裤子下边的……

我说："周先生，为什么那靴子我穿了多久了而不告诉我，怎么现在才想起来呢？现在我不是不穿了吗？我穿的这不是另外的鞋吗？"

"你不穿我才说的，你穿的时候，我一说你该不穿了。"

那天下午要赴一个宴会去，我要许先生给我找一点布条或绸条束一束头发。许先生拿了来米色的、绿色的，还有桃红色的。经我和许先生共同选定的是米色的。为着取美，把那桃红色的，许先生举起来放在我的头发上，并且许先生很开心地说着：

"好看吧！多漂亮！"

我也非常得意，很规矩又顽皮地在等着鲁迅先生往这边看我们。

鲁迅先生这一看，脸是严肃的，他的眼皮往下一放向着我们这边看着：

"不要那样装饰她……"

许先生有点窘了。

我也安静下来。

鲁迅先生在北平教书时，从不发脾气，但常常好用这种眼光看人，许先生常跟我讲，她在女师大读书时，周先生在课堂上，一生气就用眼睛往下一掠，看着她们，这种眼光是鲁迅先生在记范爱农先生的文字曾自己述说过，而谁曾接触过这种眼光的人就会感到一个时代的全智者的催逼。

我开始问："周先生怎么也晓得女人穿衣裳的这些事情呢？"

"看过书的，关于美学的。"

"什么时候看的……"

"大概是在日本读书的时候……"

"买的书吗？"

"不一定是买的，也许是从什么地方抓到就看的……"

"看了有趣味吗?！"

"随便看看……"

"周先生看这书做什么？"

"……"没有回答，好像很难以答。

许先生在旁说："周先生什么书都看的。"

家德[1]

· 徐志摩

家德住我们家已有十多年了。他初来的时候嘴上光光的还算是个壮夫，头上不见一茎白毛，挑着重担到车站去不觉得乏。逢着什么吃重的工作他总是说：“我来！”他实在是来得的。现在可不同了。谁问他：“家德，你怎么了，头发都白了？”他就回答：“人总要老的，我今年五十八，头发不白几时白？”他不但发白，他上唇疏朗朗的两撇八字胡也见花了。

他算是我们家的“做生活”，但他，据我娘说，除了吃饭、住，却不拿工钱。不是我们家不给他，是他自己不要。打

① 选自《徐志摩散文》，徐志摩著，北京：人民文学出版社，2013年11月。

头儿就不要。“我就要吃饭、住。”他说。我记得有一两回我因为他替我挑行李上车站给他钱，他就瞪大了眼说：“给我钱做什么？”我以为他嫌少，拿几毛换一块钱再给他，可是他还是“给我钱做什么？”更高声地抗议。你再说也是白费，因为他有他的理性。吃谁家的饭就该为谁家做事，给我钱做什么？

但他并不是绝对地不收钱。镇上别人家有丧事喜事来叫他去帮忙的，做完了有赏封什么给他，他受。“我今天又‘摸了’钱了。”他一回家就欣欣地报告他的伙伴。他另的一种能耐，几乎是专门的，那叫作“赞神歌”。谁家许了愿请神，就非得他去使开了他那不是不圆润的粗嗓子唱一种有节奏有顿挫的诗句赞美各种神道。奎星、纯阳祖师、关帝、梨山老母，都得他来赞美。小孩儿时候我们最爱看请神，一来热闹，厅上摆得花绿绿点得亮亮的，二来可以借口到深夜不回房去睡，三来可以听家德的神歌。乐器停了他唱，唱完乐又作。他唱什么听不清，分得清的只“浪溜圆”三个字，因为他几乎每开口必有浪溜圆。他那唱的音调就像是在厅的顶梁上绕着，又像是暖天细雨似的在你身上匀匀地洒，反正听着心里就觉得舒服，心一舒服小眼就闭上，这样极容易在妈或是阿妈的身上靠着甜甜地睡了。到明天在床里醒过来时耳边还绕着家德那圆圆的甜甜的“浪溜圆”。家德唱了神歌想来一定到手钱，这他也不辞，但他更看重的是他应分到手的一块祭肉。肉太肥或太瘦都不能使他满意。“肉总得像一块肉。”他说。

“家德，唱一点神歌听听。”我们在家时常常央着他唱，但他总是板着脸回说：“神歌是唱给神听的。”虽则他有时心里一高兴或是低着头做什么手工他口里往往低声在那里浪溜他的圆。听说他近几年来不唱了。他推说忘了，但他实在以为自己嗓子干了，唱起来不能原先那样圆转如意，所以决意不再去神前献丑了。

他在我家实在也做不少的事。每天天一亮他就从他的破烂被窝里爬起身。一重重的门是归他开的，晚上也是他关的时候多。有时老妈子不凑手他就帮着煮粥烧饭。挑行李是他的事，送礼是他的事，劈柴是他的事。最近因为父亲常自己烧檀香，他就少劈柴，多劈檀香。我时常见跨坐在一条长凳上戴着一副白铜边老花眼镜伛着背细细地劈。“你的镜子多少钱买的，家德？”“两只角子。”他头也不抬地说。

我们家后面那个“花园”也是他管的。蔬菜，各样的，是他种的。每天浇，摘去焦枯叶子，厨房要用时采，都是他的事。花也是他种的，有月季，有山茶，有玫瑰，有红梅与蜡梅，有美人蕉，有桃，有李，有不开花的兰，有葵花，有蟹爪菊，有可以染指甲的凤仙，有比鸡冠大到好几倍的鸡冠。关于每一种花他都有不少话讲：花的脾，花的胃，花的颜色，花的这样那样。梅花有单瓣双瓣，兰有荤心素心，山茶有家有野，这些简单但在小孩儿时听来有趣的知识，都是他教给我们的。他是博学得可佩服。他不仅能看书能写，还能讲书，讲的比学堂里先生上课时讲的有趣味得多。我们最喜欢他讲《岳飞传》里的岳老爷。岳老爷出世，岳老爷归天，东窗事发，“莫须有”三字构成冤狱，岳雷上坟，朱仙镇八大锤——唷，那热闹就不用提了。他讲得我们笑，他讲得我们哭，他讲得我们着急，但他再不能讲得使我们瞌睡，那是学堂里所有的先生们比他强的地方。

也不知是谁给他传的，我们都相信家德曾经在乡村里教过书。也许是实有的事，像他那样的学问在乡里还不是数一数二的。可是他自己不认。我新近又问他，他还是不认。我问他当初念些什么书。他回一句话使我吃惊。他说：“我念的书是你们念不到的。”那更得请教，长长见识也好。他不说念书，他说读书。他当初读的是《百家姓》《千字文》《神童诗》。还有呢？还有酒书。“什么？”“酒书。”他说。“什么叫酒书？”“酒书你不知道？”他仰头笑着说，“酒书是教人吃酒的书。”真的有这样一部书吗？他不骗人，但教师他可从不曾做过。他现在口授人念经。他会念不少的经，从《心经》到《金刚经》全部，背得溜熟的。

他学念佛念经是新近的事。早三年他病了，发寒热。他一天对人说怕好不了，身子像是在大海里浮着，脑袋也发散得没有个边，他说。他死一点也不愁，不说怕。家里就有一个老娘，他不放心，此外妻子他都不在意。一个人总要死的，他说。他果然昏晕了一阵子，他床前站着三四个他的伙伴。他苏醒时自己说："就可惜这一生一世没有念过佛，吃过斋，想来只可等待来世的了。"说完这话他又闭上了眼，仿佛是隐隐念着佛。事后他自以为这一句话救了他的命，因为他竟然又好起来了。从此起他就吃上了净素，开始念经，现在他早晚都得做他的功课。

我不是说他到我们家有十几年了吗，原先他在一个小学校里当差。我做学生的时候他已经在。他的一个同事我也记得，叫矮子小二，矮得出奇，而且天生是一个小二的嘴脸。家德是校长先生用他而进去的。他初起工钱每月八百文，后来每年按加二百文，一直加到二千文的正薪，那不算少。矮子小二想来没有读过什么酒书，但他可爱喝一杯两杯的，不比家德读了酒书倒反而不喝。小二喝醉了回校不发脾气就倒上床，他的一份事就得家德兼做。后来矮子小二因为偷了学校的用品到外边去换钱使发觉了被斥退。家德不久也离开学校，但他是为另一种理由。他是自动辞职的，因为用他进去的校长不做校长了，所以他也不愿再做下去。有一天他托一个乡绅到我们家来说要到我们家住，也不说别的话。从那时起家德就长住我们家了。

他自己乡里有家。有一个娘，有一个妻，有三个儿子，好的两个死了，剩下一个是不好的。他对妻的感情，按我妈对我说，是极坏。但早先他过一时还得回家去，不是为妻，是为娘。也为娘他不能不对他妻多少耐着性子。但是谢谢天，现在他不用再耐，因为他娘已经死了。他再也不回家去，积了一些钱也不再往家寄。妻不成材，儿子也没有淘成，他养家已有三十多年，儿子也近三十，该得担当家，他现在不管也没有什么亏心的了。他恨他妻多半是为她不孝顺他的娘，这最使他痛心。他妻有时到镇上来看他，问他要钱。他一见她的影子都觉得头痛，她一到他就跑，她说话他做哑巴，她闹他到庭心里去伏在地下劈柴。有一回他接他娘出来看迎灯，让她睡他自己的床，盖他自己的棉被，他自己在灶边铺些稻柴不脱衣服睡。下一天他妻也赶来了，从厨房的门缝里张见他开着笑口用筷拣一块肥肉给他脱尽了牙翘着个下巴的老娘吃，她就在门外大声哭闹。他过去拿门给堵上了，拣更肥的肉给娘，更高声地说他的笑话，逗他娘和厨下别人的乐。晚上他妻上楼见他娘睡家德自己的床，盖他自己的被，回下来又和他哭闹——他从后门往外跑了。

他一见他娘就开口笑，说话没有一句不逗人乐。他娘见他乐也乐，翘着一个干瘪的下巴眯着一双皱皮眼不住地笑，厨房里顿时添了无穷的生趣。晚上在门口看灯，家德忙着招呼他娘，端着一条长凳或是一只方板凳，半抱着她站上去，连声地问“看得见了不”，自己躲在后背双手扶着她防她闪[①]，看完了灯他拿一只碗到巷口去买一碗大肉面汤一两烧酒给他娘吃，吃完了送她上楼睡去。“又要你用钱，家德。”他娘说。“喔，这算什么？我有的是钱！”家德就对他娘背他最近的进益，黄家的丧事到手三百六，李家的喜事到手五角小洋，还有这样那样的，尽他娘用都用不完，这一点点算什么的！

家德的娘来了，是一件大新闻。家德自己起劲不必说，我们上下一家子都觉得高兴。谁都爱看家德跟他娘在一起的神情，谁都爱听他母子俩甜甜的谈话。又有趣，又使人感动。那位乡下老太太，穿紫棉绸衫梳元宝髻的，看着她那头发已经斑白的儿子，心里不知有多么得意。就算家德做了皇帝，她也不能更开心。“家德！”她时常尖声地叫，但等得家德赶忙回过头问：“娘，要啥？”她又就只眯着一双皱皮眼甜甜地笑，再没有话说。她也许是忘了她想着要说的话，也许她就爱那么叫她儿子一声。这样一来屋子里的人就笑，家德也笑，她也笑。家德在他娘的跟前，拖着早过半百的年岁，身体活灵得像一只小松鼠，忙着为她张罗这样那样的，口齿伶俐得像一只小八哥，娘长娘短地叫个不住。如果家德是个皇帝，世界上绝没有第二个皇太后有他娘那样的好福气。这是家德的伙伴们的思

① 指身体剧烈晃动。

想。看看家德跟他娘，我妈比方一句有诗意的话，就比是到山楼上去看太阳——满眼都是亮。看看家德跟他娘，一个老妈子说，我总是出眼泪，我从来不知道做人会得这样的有意思。家德的娘一定是几世前修得来的。有一回家德脚上发流火，走路一颠一颠的不方便，但一走到他娘的跟前，他立即忍了痛僵直了身子放着腿走路，就像没有病一样。家德今年胡须也白了，他对他娘说："人老的好，须白的好。娘你是越老越清，我是胡须越白越健。"他这一插科他娘就忘了年岁忘了愁。

他娘已在两年前死了。寿衣，有绸有缎的，都是家德早在镇上替她预备好了的。老太太进棺材还带了一支重足八钱的金压发去，这当然也是家德孝敬的。他自从娘死过，再也不回家，他妻出来他也永不理睬她。他现在吃素、念经，每天每晚都念——也是念给他娘的。他一辈子难得花一个闲钱，就有一次因为妻儿的不贤良叫他太伤心了，他一气就"看开"了。他竟然连着有三五天上茶店，另买烧饼当点心吃，一共花了足足有五百钱光景，此外再没有荒唐过。前几天他上楼去见我妈，手筒着手，兴冲冲地说："太太，我要到乡下去一趟。""好的，"我妈说，"你有两年多不回去了。""我积下了一百多块钱，我要去看一块地葬我娘去。"他说。

怀友①

· 老舍

虽然家在北平，可是已有十六七年没在北平住过一季以上了。因此，对于北平的文艺界朋友就多不相识。

不喜上海，当然不常去，去了也马上就走开，所以对上海的文艺工作者认识的也很少。

有三次聚会是终生忘不掉的：一次是在北平，杨今甫与沈从文两先生请吃饭，客有两桌，酒是满坛；多么快活的日子啊！今甫先生拳高量雅，喊起来大有威风。从文先生的拳也不弱，杀得我只有招架之功，并无还手之力。那快乐的日子，我被写家们困在酒阵里！最勇敢的是叶公超先生，声高手快，连

① 选自《老舍散文选》，老舍著，舒济编，天津：百花文艺出版社，1984年5月。

连挑战。朱光潜先生拳如其文，结结实实，一字不苟。朱自清先生不慌不忙，和蔼可爱。林徽音[1]女士不动酒，可是很会讲话。几位不吃酒的，谈古道今，亦不寂寞，有罗膺中先生、黎锦明先生、罗莘田先生、魏建功先生……其中，莘田是我自幼的同学，我俩曾对揪小辫打架，也一同逃学去听《施公案》。他的酒量不大，那天也陪了我几杯，多么快乐的日子！这次遇到的朋友，现在大多数是在昆明，每个人都跑了几千里路。他们都最爱北平，而含泪逃出北平；什么京派不京派，他们的气节不比别人低一点呀！那次还有周作人先生，头一回见面，他现在可是还在北平，多么伤心的事！

第二次是在上海，林语堂与邵洵美先生请客，我会到沈有乾、简又文诸先生。第三次是郑振铎先生请吃饭，我遇到茅盾、巴金、黎烈文、徐调孚、叶圣陶诸位先生。这些位写家们，在抗战中，我只会到了三位：简又文、圣陶与茅盾。在上海的，连信也不便多写，在别处的，又去来无定，无从通信。不过，可以放心的，他们都没有逃避，都没有偷闲，由友人们的报告，知道他们都勤苦地操作，比战前更努力。那可纪念的酒宴，等咱们打退了敌人是要再来一次呀！今日，我们不教酒杯碰着手，胜利是须“争”取来的啊！我们须紧握着我们的

---

① 即林徽因。

武器！

在山东住了整七年。在济南，认识了马彦祥与顾绶昌先生。在青岛，和洪深、孟超、王余杞、臧克家、杜宇、刘西蒙、王统照诸先生常在一处，而且还合编过一个暑期的小刊物。洪深先生在春天就离开青岛，孟超与杜宇先生是和我前后脚在“七七”以后走开的。多么可爱的统照啊，每次他由上海回家——家就在青岛——必和我喝几杯苦露酒。苦露，难道这酒名的不祥遂使我们有这长别离吗？不，不是！那每到夏天必来示威的日本舰队——七十几艘，黑乎乎的把前海完全遮住，看不见了那青青的星岛——才是不祥之物呀！日本军阀不被打倒，我们的命都难全，还说什么朋友与苦露酒呢？

朋友们，我常常想念你们！在想念你们的时候，我就也想告诉你们：我在武汉，在重庆，又认识了许多许多文艺界的朋友，都贫苦，可是都快活，因为他们都团结起来，组织了文艺协会，携着手在一处工作。我也得说，他们都时时关切着你们，不但不因为山水相隔而彼此冷淡，反倒是因为隔离而更亲密。到胜利那一天啊，我们必会开一次庆祝大会，山南海北的都来赴会，用酒洗一洗我们的笔，把泪都滴在手背上，当我们握手的时候，那才是我们最快乐的日子啊！胜利不是梦想，快乐来自艰苦，让我们今日受尽了苦处，卖尽了力气，去取得胜利与快乐吧！

辑三

往事堪堪亦澜澜，前路漫漫亦灿灿

我的启蒙的第一首歌是《春之花》。调子我还记得，还能哼得上来，歌词却记不得了。头两句好像是："春光明媚好花开，如诗如画如锦绣。"

故乡的胡同[①]

·史铁生

北京很大，不敢说就是我的故乡。我的故乡很小，仅北京城之一角，方圆大约二里，东和北曾经是城墙，现在是二环路。其余的北京和其余的地球我都陌生。

二里方圆，上百条胡同密如罗网，我在其中活到四十岁。编辑约我写写那些胡同，以为简单，答应了，之后发现这岂非是要写我的全部生命？办不到。但我的心神便又走进那些胡同，看它们一条一条怎样延伸怎样连接，怎样枝枝杈杈地漫展，以及怎样曲曲弯弯地隐没。我才醒悟，不是我曾居于其间，是它们构成了我。密如罗网，每一条胡同都是我的一段历史、一种心绪。

---

① 选自《去来集》，史铁生著，北京：人民文学出版社，2019年6月。

四十年前，一个男孩艰难地越过一道大门槛，惊讶着四下张望，对我来说胡同就在那一刻诞生。很长很长的一条土路，两侧一座座院门排向东西，红而且安静的太阳悬挂西端。男孩看太阳，直看得眼前发黑，闭一会儿眼，然后顽固地再看太阳。因为我问过奶奶："妈妈是不是就从那太阳里回来？"

奶奶带我走出那条胡同，可能是在另一年。奶奶带我去看病，走过一条又一条胡同，天上地上都是风、被风吹淡的阳光、被风吹得断续的鸽哨声。那家医院就是我的出生地。打完针，号啕之际，奶奶买一串糖葫芦慰劳我，指着医院的一座西洋式小楼说，她就是从那儿听见我来了，我来的那天下着罕见的大雪。

是我不断长大所以胡同不断地漫展呢，还是胡同不断地漫展所以我不断长大？可能是一回事。

有一天母亲领我拐进一条更长更窄的胡同，把我送进一个大门，一眨眼母亲不见了，我正要往门外跑时被一个老太太拉住，她很和蔼，但是我哭着使劲挣脱她，屋里跑出来一群孩子，笑闹声把我的哭喊淹没。我头一回离家在外，那一天很长，墙外磨刀人的喇叭声尤其漫漫。这幼儿园就是那老太太办的，都说她信教。

几乎每条胡同都有庙。僧人在胡同里静静地走，回到庙去沉沉地唱，那诵经声总让我看见夏夜的星光。睡梦中我还常常被一种清朗的钟声唤醒，以为是午后阳光落地的震响，多年以后我才找到它的来源。现在俄国使馆的位置，曾是一座东正教堂，我把那钟声和它联系起来时，它已被推倒。那时，寺庙多也消失或改作它用。

我的第一个校园就是往日的寺庙，庙院里松柏森森。那儿有个可怕的孩子，他有一种至今令我惊诧不解的能力，同学们都怕他，他说他第一跟谁好谁就会受宠若惊，说他最后跟谁好谁就会忧心忡忡，说他不跟谁好了谁就像被判离群的鸟儿。因为他，我学会了谄媚和防备，看见了孤独。成年以后，我仍能处处见出他的影子。

十八岁去插队，离开故乡三年。回来双腿残废了，找不到工作，我常独自摇了轮椅一条条再去走那些胡同。它们几乎没变，只是往日都到哪儿去了很费猜解。在一条胡同里我碰见一群老太太，她们用油漆涂抹着美丽的图画，我说我能参加吗？我便在那儿拿到平生第一份工资，我们整日涂抹说笑，对未来抱着过分的希望。

母亲对未来的祈祷，可能比我对未来的希望还要多，她在我们住的院子里种下一棵合欢树。那时我开始写作，开始恋爱，爱情使我的心魂从轮椅里站起来。可是合欢树长大了，母亲却永远离开了我，几年后爱过我的那个姑娘也远去他乡，但那时她们已经把我培育得可以让人放心了。然后我的妻子来了，我把珍贵的以往说给她听，她说因此她也爱恋着我的这块故土。

我单不知，像鸟儿那样飞在不高的空中俯瞰那片密如罗网的胡同，会是怎样的景象？飞在空中而且不惊动下面的人类，看一条条胡同的延伸、连接、枝枝杈杈地漫展以及曲曲弯弯地隐没，是否就可以看见了命运的构造？

记得当时年纪小[①]

·梁实秋

我十岁的时候进高小，北京朝阳门内南小街新鲜胡同京师公立第三小学校。越是小时候的事情，越是记得清楚。前几年一位无名氏先生寄我一张第三小学的大门口的照片，完全是七十多年前的样子，一点也没变。我看了之后，不知是欢喜还是惆怅，总之是别有一番滋味在心头。我猜想到这位无名氏先生是谁，因为他是我的第三小学的同学，虽然先后差了好几十年。我曾写过一篇小文《我在小学》，收在《秋室杂忆》里，提到教我唱歌的时老师。现在再谈谈我小时候唱歌的情形。

我的启蒙的第一首歌是《春之花》。调子我还记得，还能

---

① 选自《雅舍精品》，梁实秋著，济南：山东文艺出版社，2013年7月。

哼得上来，歌词却记不得了。头两句好像是："春光明媚好花开，如诗如画如锦绣。"唱歌是每周一小时，总在下午，摇铃前两名工友抬进教室一架小小的风琴。当时觉得风琴是很奇妙的东西，老师用两脚踏着两块板子，鼓动风箱，两手按键盘，其声呜呜然，成为各种调子。《春之花》的调子很简单，记得只有六句，重叠反复，其实只有三句，但是很好听。老师扯着沙哑的嗓音，先唱一遍，然后他唱一句，全班跟着唱一句，然后再全首唱一遍，全班跟着全首唱一遍。唱过三五遍，摇铃下课了，校工忙着把风琴抬出去。这风琴是一宝，各班共用，学生们不准碰一下的。

唱歌这一堂课最轻松，课前不要准备，扯着喉咙吼就行。老师也不点名，也不打分数考试。唱歌和手工一课都是我们最欢迎的，而且老师都很和蔼。

有一首歌，调子我也记得，歌词记得几句，是这样开始的——

亚人应种亚洲田，
黄种应享黄海权，
青年，青年，
切莫同种自相残，
坐教欧美着先鞭！
不怕死，不爱钱，

丈夫决不受人怜。

……

这首歌声调比《春之花》雄壮，唱起来蛮有劲的，但是不大懂词的意义。是谁“同种相残”？这歌是日本人作的，还是中国人作的，用意何在？怎么又冒出“不怕死，不爱钱”的话？何谓“不受人怜”？老师不讲解，学生也不问，我一直糊涂至今。但是这首歌我忘不了。

还有所谓军歌，也是学生们喜欢学着唱的。当时有些军队驻扎在城里，东城根儿禄米仓就是一个兵营，一队队的兵常出来在大街小巷里快步慢步地走，一面走还一面唱。我是一放学就回家，不在街上打滚，所以很少遇到队伍唱歌，可是间接地也听熟了军歌的几个片段，如——

三国战将勇，
首推赵子龙，
长坂坡前逞英雄。
还有张翼德，
他奶奶的硬是凶，
哇啦哇啦吼两声，
吓退了百万兵。

……

歌词很粗浅，合于一般大兵的口味，也投小学生的喜爱，我常听同学们唱军歌，自己也不禁地有时哼两句。

我十四岁进清华中等科，一年级还有音乐，好像是一种课外活动。教师是一位美国人Miss Seeley，风姿绰约，是清华园里出色的人物。她教我们唱歌，首先是唱校歌，校歌是英文字，也有中译，但是从来没有人用中文唱校歌。我不喜欢用英文唱校歌，所以至今我记不得怎样唱了。可是我小时嗓音好，调门高，经过测验就被选入幼年歌唱团，有一次还到城里青年会做过公开演唱会。同班的应尚能有音乐天才，唱低音，那天在青年会他涂黑了脸饰一黑人，载歌载舞，口里唱着——

It's nice to get up
Early in the morning,
But, it's nicer
To lie in bed.

满堂喝彩，掌声如雷，那盛况至今如在目前。我不久倒嗓喑哑不成声，遂对唱歌失去兴趣。有些同学喜欢星期日参加一些美国教师家里的查经班，于是Onward Christian soldiers

Marching as to War[①]……之类的歌声洋洋乎盈耳。《一百零一首名歌》在清华园里也不时地荡漾起来。这皆非我之所好。我乃渐渐地成为兰姆所谓“没有耳朵的人”。

抗战时期，我已近中年，中年人还唱什么歌？寓处附近有小学，小学生的歌声不时地传送过来，像“起来，不愿做奴隶的人们”那首进行曲，听的回数太多了，没人教也会唱。还有一首歌我常听小学生们唱，我的印象很深——

张老三，我问你：
你的家乡在哪里？

我的家，在山西，
过河还有二十里。

张老三，我问你：
种田还是做生意？

这样的一问一答，张老三终于供出他是布商，而且囤积了不少布匹，赢得不少暴利，于是这首歌的最后几句是——

① 意为向前行进的基督徒士兵像上战场一样勇往直前。

一大批，一大批，
囤积在家里。
你是坏东西，
你真该枪毙！

这首歌大概对于囤积居奇的奸商以及一般人士发生不小的影响。

抗战期间也有与抗战无关的歌大为流行。例如《教我如何不想她》，虽说是模仿旧曲《四季相思》的意思，格调却是新的，抑扬顿挫，风靡一时。使我最难忘的是《记得当时年纪小》一首小歌，作者黄自是清华同学。我学唱这首歌是在一个温暖的季秋时节，在重庆南岸海棠山坡上，经朋友指点，反复唱了好几遍，事隔数十年，仍然萦绕在耳边。

上文发表后，引起几位读者兴趣，或来书指正，或予补充。

平群先生和刘清华先生分别告诉我“黄种应享黄海权”那首歌的全本是这样写的——

黄种应享黄海权，
亚人应种亚洲田。

青年，青年，

切莫同种自相残，

坐教欧美着先鞭。

不怕死，不爱钱，

丈夫决不受人怜。

纵洪水滔天，

只手挽狂澜，

方不负石磐铁砚，

后哲先贤！

我还是不大懂，教儿童唱这样的歌是什么意思。有一位来信说此歌是“九一八”以后日本人作的，我想恐怕不对，此歌流行甚早，“九一八”是二十多年后的事。不过我也疑心到此歌作者用心不善。

小民女士来信补充了《三国战将勇》那首军歌的好几句，但是全文她也记不得了。

我最大的错误是关于“张老三”那首歌。杨沄先生来信说，“张老三”是抗战名曲《河边对口唱》，全文如下——

（对唱）

张老三，我问你，你的家乡在哪里？

我的家，在山西，过河还有三百里。
我问你，在家里，种田还是做生意？
拿锄头，耕田地，种的高粱和玉米。
为什么，到此地，河边流浪受孤凄？
痛心事，莫提起，家破人亡无消息。
张老三，莫伤悲，我的命运不如你。
为什么，王老七，你的家乡在何地？
在东北，做生意，家乡八年无消息。
这该说，我和你，都是有家不能回。

（合唱）
仇和恨，在心里，奔腾如同黄河水！
黄河边，定主意，咱们一同打回去！
为国家，当兵去，太行山上打游击！
从今后，我和你，一同打回老家去！

据杨先生说这歌曲是《黄河大合唱》中的一段，乃光未然（张光年）作词，冼星海作曲，于民国二十八年[1]在延安完成，此曲在台湾为禁歌。显然不是我文中所谓打击囤积的奸商

① 1939年。

的歌，我之所以有此错误，乃因这不是我童年唱过的歌，而是后来听孩子们常唱的，其歌唱的调子又好像和那打击奸商的歌有些相近，所以我就把两个歌联在一起了。

我的女儿文蔷来信告诉我，打击奸商的歌她是唱过的，其歌词大概是这样的——

你、你、你、你这个坏东西！
市面上日常用品不够用，
你一大批，一大批，囤积在家里！
只为你，发财肥自己，
别人的痛苦你全不理，
你这坏东西，你这坏东西，
真是该枪毙！
嗨！你这坏东西！
嗨！你真该枪毙！

一九八六年十二月八日补记

一九八七年四月四日《中华日报》副刊王令娴女士一篇文章也提到《你这个坏东西》这首歌，记得更完全，如下：

你、你、你、
你这个坏东西！
市面上日常用品不够用哟，
你一大批，一大批，
囤积在家里。
只管你发财，肥了自己，
别人的痛苦，你是全不理。
坏东西，坏东西，
囤积居奇，捣乱金融，破坏抗战。
都是你！
你的罪名和汉奸一样的。
别人在抗战里，
出钱又出力唷！
只有你，整天得在钱上打主意。
想一想，你自己，
是要钱做什么呢！
到头来你一个钱也带不进棺材里。
你这个坏东西，
真是该枪毙！
嘿，你这个坏东西，
嘿！真是该枪毙！

往事[1]

· 沈从文

这事说来又是十多年了。

算来我是六岁。因为第二次我见到长子四叔时，他那条有趣的辫子就不见了。

那是夏天秋天之间。我仿佛还没有上过学。妈因怕我到外面同瑞龙他们玩时又打架，或是乱吃东西，每天都要靠到她身边坐着，除了吃晚饭后洗完澡同大哥各人拿五个小钱到道门口[2]去买士元的凉粉外，剩下便都不准出去了！至于为

① 选自《往事》，沈从文著，卓雅选编、摄影，长沙：岳麓书社，2013年1月。

② 清代辰沅永靖兵备道道台街门外空坪处，与沈家距离很近。

甚[1]又能吃凉粉，那大概是妈知道士元凉粉是玫瑰糖，不至吃后生病吧。本来那时的时疫也真凶，听瑞龙妈说，杨老六一家四口人，从十五得病，不到三天便都死了！

我们是在堂屋背后那小天井内席子上坐着的。妈为我从一个小黑洋铁箱子内取出一束一束方块儿字来念，她便膝头上搁着一个麻篮绩麻。弄子里跑来的风又凉又软，很易引人瞌睡，当我倒在席子上时，妈总每每停了她的工作，为我拿蒲扇来赶那些专爱停留在人脸上的饭蚊子。间或有个时候妈也会睡觉，必到大哥从学校夹着书包回来嚷肚子饿时才醒，那么，夜饭必定便又要晚一点了！

爹好像到乡下江家坪老屋去了好久了，有天忽然要四叔来接我们。接的意思四叔也不大清楚，大概也就是闻到城里时疫的事情吧。妈也不说什么，她知道大姐二姐都在乡里，我自然有她们料理。只嘱咐了四叔不准大哥到乡下溪里去洗澡。因大哥前几天回来略晚，妈摸他小辫子还湿漉漉的，知他必是同几个同学到大河里洗过澡了，还重重地打了他一顿呢。四叔是一个长子，人又不大肥，但很精壮。妈常说这是会走路的人。铜仁到我凤凰是一百二十里蛮路，他能扛六十斤担子一早动身，不摸黑就到了，这怎么不算狠！他到了家时，便忙自去厨房烧

① 方言，为什么。

水洗脚。那夜我们吃的夜饭菜是南瓜炒牛肉。

妈捡菜劝他时，他又选出无辣子的牛肉放到我碗里。真是好四叔喃！

那时人真小，我同大哥还是各人坐在一只箩筐里为四叔担去的！大哥虽大我五六岁，但在四叔肩上似乎并不怎么不匀称。乡下隔城有四十多里，妈怕太阳把我们晒出病来，所以我们天刚一发白就动身，到行有一半的唐峒山时，太阳还才红红的。到了山顶，四叔把我们抱出来各人放了一泡尿，我们便都坐在一株大刺栎树下歇憩。那树的杈丫上搁了无数小石头，树左边又有一个石头堆成的小屋子。四叔为我们解说，小屋子是山神土地，为赶山打野猪人设的；树上石头是寄倦的：凡是走长路的人，只要放一个石头到树上，便不倦了。但大哥问他为甚不也放一个石子时，他却不作声。

他那条辫子细而长正同他身子一样。本来是挽放头上后再加上草帽的，不知是那辫子长了呢还是他太随意，总是动不动又掉下来，当我是在他背后那头时，辫子梢梢便时时在我头上晃。

“芸儿，莫闹！扯着我不好走！”

我伸出手扯着他辫子只是擠[①]，他总是和和气气这样说。

---

① 方言，意为用力拉扯。

“四满[1]，到了？”大哥很搔急[2]地这么问。

“快了，快了，快了！芸弟都不急，你怎么这样慌？你看我跑！”他略略把脚步放快一点，大哥便又嚷摇得头痛了。

他一路笑大哥不济。

到时，爹正同姨婆五叔四婶他们在院中土坪上各坐在一条小凳上说话。姨婆有两年不见我了，抱了我亲了又亲。爹又问我们饿了不曾，其实我们到路上吃甜酒、米豆腐已吃胀了。上灯时，方见大姐二姐大姑满姑[3]各人手上提了一捆地萝卜进来。

我夜里便同大姐等到姨婆房里睡。

乡里有趣多了！既不怎么很热，夜里蚊子也很少。大姐到久一点，似乎各样事情都熟习，第二天一早便引我去羊栏边看睡着比猫还小的白羊，牛栏里正歪起颈项在吃奶的牛儿。我们又到竹园中去看竹子。那时觉得竹子实在是一种很奇怪的东西。本来城里的竹子，通常大到屠桌边卖肉做钱筒的已算出奇了！但后园里那些南竹，大姐教我去试抱一下时，两手竟不能相掺。满姑又为偷偷地到园坎上摘了十多个桃子。接着我们便

① 乡人称呼叔叔为满满。

② 方言，意为着急。

③ 最小的姑母。

跑到大门外溪沟边上拾得一衣兜花蚌壳。

事事都感到新奇：譬如五叔喂的那十多只白鸭子，它们会一翅从塘坎上飞过溪沟。夜里四叔他们到溪里去照鱼时，却不用什么网，单拿个火把，拿把镰刀。姨婆喂有七八只野鸡，能飞上屋，也能上树，却不飞去；并且，只要你拿一捧苞谷米在手，口中略略一逗，它们便争先恐后地到你身边来了。什么事情都有味。我们白天便跑到附近村子里去玩，晚上总是同坐在院中听姨婆学打野猪打獾子的故事。姨婆真好，我们上床时，她还每每为从大油坛里取出炒米、栗子同脆酥酥的豆子给我们吃！

后园坎上那桃子已透熟了，满姑一天总为我们去偷几次。爹又不大出来，四叔五叔又从不说话，间或碰到姨婆见了时，也不过笑笑地说：

“小娥，你又忘记嚷肚子痛了！真不听讲——芸儿，莫听你满姑的话，吃多了要坏肚子！拿把我[①]，不然晚上又吃不得鸡膊腿了！”

乡里去有场集的地方似乎并不很近，而小小村中除每五天逢一六赶场外通常都无肉卖。因此，我们几乎天天吃鸡，唯我一人年小，鸡的大腿便时时归我。

---

① 方言，意为拿来给我。把，意为给。

我们最爱看又怕看的是溪南头那坝上小碾房的磨石同自动的水车；碾房是五叔在料理。那圆圆的磨石，固定在一株木桩上只是转只是转。五叔像个卖灰的人，满身是糠皮，只是在旋转不息的磨石间拿扫把扫那跑出碾槽外的谷米。他似乎并不着一点忙，磨石走到他跟前时一跳又让过磨石了。我们为他着急又佩服他胆子大。水车也有味，是一些七长八短的竹篙子扎成的。它的用处就是在灌水到比溪身还高的田面。大的有些比屋子还大，小的也还有一床晒簟大小。它们接接连连竖立在大路近旁，为溪沟里急水冲着快快地转动，有些还咿哩咿哩发出怪难听的喊声，由车旁竹筒中运水倒到悬空的枧[1]上去。它的怕人就是筒子里水间或溢出枧外时，那水便砰地倒到路上了，你稍不措意[2]，衣服便打得透湿。我们远远地立着看行路人抱着头冲过去时那样子好笑。满姑虽只大我四岁，但看惯了，她却敢在下面走来走去。大姐同大姑，则知道哪个车了溢出后便是哪一个接脚，不消说是不怕水淋了！只我同大哥二姐，却无论如何不敢去尝试。

---

① 剜木以引水之物。

② 留意、留心。

五猖会[1]

· 鲁迅

孩子们所盼望的，过年过节之外，大概要数迎神赛会的时候了。但我家的所在很偏僻，待到赛会的行列经过时，一定已在下午，仪仗之类，也减而又减，所剩的极其寥寥。往往伸着颈子等候多时，却只见十几个人抬着一个金脸或蓝脸红脸的神像匆匆地跑过去。于是，完了。

我常存着这样的一个希望：这一次所见的赛会，比前一次繁盛些。可是结果总是一个“差不多”；也总是只留下一个纪念品，就是当神像还未抬过之前，化[2]一文钱买下的，用一点

① 选自《鲁迅全集·第2卷》，鲁迅著，鲁迅先生纪念委员会编，广州：花城出版社，2021年8月。

② 方言，意为花、花费。

烂泥，一点颜色纸，一枝竹签和两三枝鸡毛所做的，吹起来会发出一种刺耳的声音的哨子，叫作“吹都都”的，吡吡地吹它两三天。

现在看看《陶庵梦忆》，觉得那时的赛会，真是豪奢极了，虽然明人的文章，怕难免有些夸大。因为祷雨而迎龙王，现在也还有的，但办法却已经很简单，不过是十多人盘旋着一条龙，以及村童们扮些海鬼。那时却还要扮故事，而且实在奇拔得可观。他记扮《水浒传》中人物云：“……于是分头四出，寻黑矮汉，寻梢长大汉，寻头陀，寻胖大和尚，寻茁壮妇人，寻姣长妇人，寻青面，寻歪头，寻赤须，寻美髯，寻黑大汉，寻赤脸长须。大索城中；无，则之郭，之村，之山僻，之邻府州县。用重价聘之，得三十六人，梁山泊好汉，个个呵活，臻臻至至，人马称娖而行。……”这样的白描的活古人，谁能不动一看的雅兴呢？可惜这种盛举，早已和明社一同消灭了。

赛会虽然不像现在上海的旗袍、北京的谈国事，为当局所禁止，然而妇孺们是不许看的，读书人即所谓士子，也大抵不肯赶去看。只有游手好闲的闲人，这才跑到庙前或衙门前去看热闹；我关于赛会的知识，多半是从他们的叙述上得来的，并非考据家所贵重的“眼学”。然而记得有一回，也亲见过较盛的赛会。开首是一个孩子骑马先来，称为“塘报”；过了许久，“高照”到了，长竹竿揭起一条很长的旗，一个汗流浃背的胖大汉用两手托着；他高兴的时候，就肯将竿头放在头顶或牙齿上，甚而至于鼻尖。其次是所谓“高跷”“抬阁”“马头”了；还有扮犯人的，红衣枷锁，内中也有孩子。我那时觉得这些都是有光荣的事业，与闻其事的即全是大有运气的人——大概羡慕他们的出风头吧。我想，我为什么不生一场重病，使我的母亲也好到庙里去许下一个“扮犯人”的心愿的呢？……然而我到现在终于没有和赛会发生关系过。

要到东关看五猖会去了。这是我儿时所罕逢的一件盛事。因为那会是全县中最盛的会，东关又是离我家很远的地方，出城还有六十多里水路，在那里有两座特别的庙。一是梅姑庙，就是《聊斋志异》所记，室女守节，死后成神，却篡取别人的丈夫的；现在神座上确塑着一对少年男女，眉开眼笑，殊与“礼教”有妨。其一便是五猖庙了，名目就奇特。据有考据癖的人说：这就是五通神。然而也并无确据。神像是五个男人，也不见有什么猖獗之状；后面列坐着五位太太，却并不“分坐”，远不及北京戏园里界限之谨严。其实呢，这也是殊与“礼教”有妨的——但他们既然是五猖，便也无法可想，而且自然也就“又作别论”了。

因为东关离城远，大清早大家就起来。昨夜预定好的三道明瓦窗的大船，已经泊在河埠头，船椅、饭菜、茶炊、点心盒子，都在陆续搬下去了。我笑着跳着，催他们要搬得快。忽然，工人的脸色很谨肃了，我知道有些蹊跷，四面一看，父亲就站在我背后。

“去拿你的书来。”他慢慢地说。

这所谓“书”，是指我开蒙时候所读的《鉴略》。因为我再没有第二本了。我们那里上学的岁数是多拣单数的，所以这使我记住我其时是七岁。

我忐忑着，拿了书来了。他使我同坐在堂中央的桌子前，教我一句一句地读下去。我担着心，一句一句地读下去。

两句一行，大约读了二三十行吧，他说：

“给我读熟。背不出，就不准去看会。”

他说完，便站起来，走进房里去了。

我似乎从头上浇了一盆冷水。但是，有什么法子呢？自然是读着，读着，强记着，而且要背出来。

> 粤自盘古，生于太荒，
>
> 首出御世，肇开混茫。

就是这样的书，我现在只记得前四句，别的都忘却了；那时所强记的二三十行，自然也一齐忘却在里面了。记得那时听人说，读《鉴略》比读《千字文》《百家姓》有用得多，因为可以知道从古到今的大概。知道从古到今的大概，那当然是很好的，然而我一字也不懂。“粤自盘古”就是“粤自盘古”，读下去，记住它，“粤自盘古”呵！“生于太荒”呵！……

应用的物件已经搬完，家中由忙乱转成静肃了。朝阳照着西墙，天气很清朗。母亲、工人、长妈妈即阿长，都无法营救，只默默地静候着我读熟，而且背出来。在百静中，我似乎头里要伸出许多铁钳，将什么“生于太荒”之流夹住；也听到自己急急诵读的声音发着抖，仿佛深秋的蟋蟀，在夜中鸣叫似的。

他们都等候着，太阳也升得更高了。

我忽然似乎已经很有把握，便即站了起来，拿书走进父亲的书房，一气背将下去，梦似的就背完了。

“不错，去吧。”父亲点着头说。

大家同时活动起来，脸上都露出笑容，向河埠走去。工人将我高高地抱起，仿佛在祝贺我的成功一般，快步走在最前头。

我却并没有他们那么高兴。开船以后，水路中的风景，盒子里的点心，以及到了东关的五猖会的热闹，对于我似乎都没有什么大意思。

直到现在，别的完全忘却，不留一点痕迹了，只有背诵《鉴略》这一段，却还分明如昨日事。

我至今一想起，还诧异我的父亲何以要在那时候叫我来背书。

我的几个房东[①]

·老舍

初到伦敦，经艾温士教授的介绍，住在了离“城”有十多英里[②]的一个人家里。房主人是两位老姑娘。大姑娘有点傻气，腿上常闹湿气，所以身心都不大有用。家务统由妹妹操持，她勤苦诚实，且受过相当的教育。

她们的父亲是开面包房的，死后，把面包房给了儿子，给二女一人一处小房子。她们卖出一所，把钱存在银行生息。其余的一所，就由她们合住。妹妹本可以去做，也真做过，家庭教师。可是因为姐姐需人照管，所以不出去做事，而把楼上的两间屋子租给单身的男人，进些租金。这给妹妹许多工作，她

① 选自《老舍散文》，老舍著，杭州：浙江文艺出版社，2019年4月。

② 英制长度单位，1英里约合1.61千米。

得给大家做早餐晚饭，得上街买东西，得收拾房间，得给大家洗小衣裳，得记账。这些，已足使任何一个女子累得喘不过气来。可是她于这些工作外，还得答复朋友的信，读一两段《圣经》和做些针线。

她这种勤苦忠诚，倒还不是我所佩服的。我真佩服她那点独立的精神。她的哥开着面包房，到圣诞节才送给妹妹一块大鸡蛋糕！她绝不去求他的帮助，就是对那一块大鸡蛋糕，她也马上还礼，送给她哥一点儿有用的小物件。当我快回国时去看她，她的背已很弯，发也有些白的了。

自然，这种独立的精神是由资本主义的社会制度逼出来的，可是，我到底不能不佩服她。

在她那里住过一冬，我搬到伦敦的西部去。这回是与一个叫艾支顿的合租一层楼。所以事实上我所要说的是这个艾支顿——称他为二房东都勉强一些——而不是真正的房东。我与他一气在那里住了三年。

这个人的父亲是牧师，他自己可不信宗教。当他很年轻的时候，他和一个女子由家中逃出来，在伦敦结了婚，生了三四个小孩。他有相当的聪明，好读书。专就文字方面上说，他会拉丁文、希腊文、德文、法文，程度都不坏。英文，他写得非常的漂亮。他作过一两本讲教育的书，即使内容上不怎样，他的文字之美是公认的事实。我愿意同他住在一处，差不多是为学些地道好英文。在大战时，他去投军。因为心脏弱，报不上名。他硬挤了进去。见到了军官，凭他的谈吐与学识，自然不会被叉去帐外。一来二去，他升到中校，差不多等于中国的旅长了。

战后，他拿了一笔不小的遣散费，回到伦敦，重整旧业，他又去教书。为充实学识，还到过维也纳听弗洛伊德的心理学。后来就在牛津的补习学校教书。这个学校是为工人们预备的，仿佛有点像国内的暑期学校，不过目的不在补习升学的功课。做这种学校的教员，自然没有什么地位，可是实利上并不坏：一年只做半年的事，薪水也并不很低。这个，大概是他的黄金“时代”。以身份言，中校；以学识言，有著作；以生活言，有个清闲舒服的事情。

也正是在这个时候，他和一位美国女子发生了恋爱。她出自名家，有硕士的学位。来伦敦游玩，遇上了他。她的学识正好补足他的，她是学经济的；他在补习学校演讲关于经济的问题，她就给他预备稿子。

他的夫人告了。离婚案刚一提到法厅，补习学校便免了他的职。这种案子在牛津与剑桥还是闹不得的！离婚案成立，他得到自由，但须按月供给夫人一些钱。

在我遇到他的时候，他正极狼狈。自己没有事，除了夫妇的花销，还得供给原配。幸而硕士找到了事，两份儿家都由她支持着。他空有学问，找不到事。可是两家的感情渐渐地改善，两位夫人见了面，他每月给第一位夫人送钱也是亲自去，他的女儿也肯来找他。这个，可救不了穷。穷，他还很会花钱。做过几年军官，他挥霍惯了。钱一到他手里便不会老实。他爱买书，爱吸好烟，有时候还得喝一盅。我在东方学院见了他，他到那里学华语；不知他怎么弄到手里几镑钱，便出了这个主意。见到我，他说彼此交换知识，我多教他些中文，他教我些英文，岂不甚好？为学习的方便，顶好是住在一处，假若我出房钱，他就供给我饭食。我点了头，他便找了房。

艾支顿夫人真可怜。她早晨起来，便得做好早饭。吃完，她急忙去做工，拼命地追公共汽车；永远不等车站稳就跳上去，有时把腿碰得紫里蒿青。五点下工，又得给我们做晚饭。她的烹调本事不算高明，我俩一有点不爱吃的表示，她便立刻泪在眼眶里转。有时候，艾支顿卖了一本旧书或一张画，手中摸着点钱，笑着请我们出去吃一顿。有时候我看她太疲乏了，就请他俩吃顿中国饭。在这种时节，她喜欢得像小孩子似的。

他的朋友多数和他的情形差不多。我还记得几位：有一位是个年轻的工人，谈吐很好，可是时常失业，一点儿也不是他的错儿，怎奈工厂时开时闭。他自然的是个社会主义者，每逢来看艾支顿，他俩便粗着脖子红着脸地争辩。艾支顿也很有口才，不过与其说他是为政治主张而争辩，还不如说是为争辩而争辩。还有一位小老头也常来，他顶可爱。德文、意大利文、西班牙文，他都能读能写能讲，但是找不到事做；闲着没事，他只为一家瓷砖厂吆喝买卖，拿一点儿扣头。另一位老者，常上我们这一带来给人家擦玻璃，也是我们的朋友。这个老头是位博士。赶上我们在家，他便一边擦着玻璃，一边和我们讨论文学与哲学。孔子的哲学、泰戈尔的诗，他都读过，不用说西方的作家了。

只提这么三位吧，在他们的身上使我感到工商资本主义的社会的崩溃与罪恶。他们都有知识，有能力，可是被那个社会制度捆住了手，使他们抓不到面包。成千论万的人是这样，而且有远不及他们三个的！找个事情真比登天还难！

艾支顿一直闲了三年。我们那层楼的租约是三年为限。住满了，房东要加租，我们就分离开，因为再找那样便宜和恰好够三个人住的房子，是大不容易的。虽然不在一块儿住了，可是还时常见面。艾支顿只要手里有够看电影的钱，便立刻打电话请我去看电影。即使一个礼拜，他的手中彻底地空空如也，他也会约我到家里去吃一顿饭。自然，我去的时候也老给他们买些东西。这一点上，他不像普通的英国人，他好请朋友，也很坦然地接受朋友的约请与馈赠。有许多地方，他都带出点浪漫劲儿，但他到底是个英国人，不能完全放弃绅士的气派。

直到我回国的时候，他才找到了事——在一家大书局里做顾问，荐举大陆上与美国的书籍，经书局核准，他再找人去翻译或——若是美国的书——出英国版。我离开英国后，听说他已被那个书局聘为编辑员。

离开他们夫妇，我住了半年的公寓，不便细说；房东与房客除了交租金时见一面，没有一点儿别的关系。在公寓里，晚饭得出去吃，既费钱，又麻烦，所以我又去找房间。这回是在伦敦南部找到一间房子，房东是老夫妇，带着个女儿。

这个老头儿——达尔曼先生——是干什么的，至今我还不清楚。一来我只在那儿住了半年，二来英国人不喜欢谈私事，三来达尔曼先生不爱说话，所以我始终没得机会打听。偶尔由老夫妇谈话中听到一两句，仿佛他是木器行的，专给人家设计做家具。他身边常带着尺。但是我不敢说肯定的话。

半年的工夫，我听熟了他三段话——他不大爱说话，但是一高兴就离不开这三段，像留声机片似的，永远不改。第一段是贵族巴来，由非洲弄来的钻石，一小铁筒一小铁筒的！每一块上都有个记号！第二段是他做过两次陪审员，非常地光荣！第三段是大战时，一个伤兵没能给一个军官行礼，被军官打了一拳。及至看明了那是个伤兵，军官跑得比兔子还快；不然的话，非教街上的给打死不可！

除了这三段而外，假若他还有什么说的，便是重述《晨报》上的消息与意见。凡是《晨报》所说的都对！

这个老头儿是地道英国的小市民，有房，有点积蓄，勤苦，干净，什么也不知道，只晓得自己的工作是神圣的，英国人是世界上最好的人。

达尔曼太太是女性的达尔曼太太，她的意见不但得自《晨报》，而且是由达尔曼先生口中念出的那几段《晨报》，她没工夫自己去看报。

达尔曼姑娘只看《晨报》上的广告。有一回，或者是因为看我老拿着本书，她向我借一本小说。随手的我给了她一本威尔思的幽默故事。念了一段，她的脸都气紫了！我赶紧出去在报摊上给她找了本六个便士的罗曼司，内容大概是一个女招待嫁了个男招待，后来才发现这个男招待是位伯爵的承继人。这本小书使她对我又有了笑脸。

她没事做，所以在分类广告上登了一小段广告——教授跳舞。她的技术如何，我不晓得，不过她声明愿减收半费教给我的时候，我没出声。把知识变成金钱，是她和一切小市民的格言。

她有点苦闷，没有男朋友约她出去玩耍，往往吃完晚饭便假装头疼，跑到楼上去睡觉。婚姻问题在那经济不景气的国度里，真是个没法办的问题。我看她恐怕要窝在家里！“房东太太的女儿”往往成为留学生的夫人，这是留什么外史一类小说的好材料；其实，里面的意义并不止是留学生的荒唐呀。

一封信[①]

· 朱自清

在北京住了两年多了，一切平平常常地过去。要说福气，这也是福气了。因为平平常常，正像“糊涂”一样“难得”，特别是在“这年头”。但不知怎的，总不时想着在那儿过了五六年转徙无常的生活的南方。转徙无常，诚然算不得好日子；但要说到人生味，怕倒比平平常常时候容易深切地感着。现在终日看见一样的脸板板的天，灰蓬蓬的地；大柳高槐，只是大柳高槐而已。于是木木然，心上什么也没有；有的只是自己，自己的家。我想着我的渺小，有些战栗起来；清福究竟也不容易享的。

---

① 选自《朱自清散文》，朱自清著，北京：人民文学出版社，2014年1月。

这几天似乎有些异样。像一叶扁舟在无边的大海上，像一个猎人在无尽的森林里。走路、说话，都要费很大的力气，还不能如意。心里是一团乱麻，也可说是一团火。似乎在挣扎着，要明白些什么，但似乎什么也没有明白。“一部《十七史》，从何处说起”，正可借来作近日的我的注脚。昨天忽然有人提起《我的南方》的诗。这是两年前初到北京，在一个村店里，喝了两杯“莲花白”以后，信笔涂出来的。于今想起那情景，似乎有些渺茫；至于诗中所说的，那更是遥遥乎远哉了。但是事情是这样凑巧：今天吃了午饭，偶然抽一本旧杂志来消遣，却翻着了三年前给S的一封信。信里说着台州，在上海、杭州、宁波之南的台州。这真是“我的南方”了。我正苦于想不出，这却指引我一条路，虽然只是“一条”路而已。

我不忘记台州的山水、台州的紫藤花、台州的春日，我也不能忘记S。他从前欢喜喝酒，欢喜骂人；但他是个有天真的人。他待朋友真不错。L从湖南到宁波去找他，不名一文；他陪他喝了半年酒才分手。他去年结了婚。为结婚的事烦恼了几个整年的他，这算是叶落归根了；但他也与我一样，已快上那“中年”的线了吧。结婚后我们见过一次，匆匆的一次。我想，他也和一切人一样，结了婚终于是结了婚的样子了吧。但我老只是记着他那喝醉了酒，很妩媚的骂人的意态；这在他或已懊悔着了。

南方这一年的变动，是人的意想所赶不上的。我起初还知道他的踪迹；这半年是什么也不知道了。他到底是怎样地过着这狂风似的日子呢？我所沉吟的正在此。我说过大海，他正是大海上的一个小浪；我说过森林，他正是森林里的一只小鸟。恕我，恕我，我向哪里去找你？

这封信曾印在台州师范学校的《绿丝》上。我现在重印在这里，这是我眼前一个很好的自慰的法子。

九月二十七日记

S兄：

…………

我对于台州，永远不能忘记！我第一日到六师校时，系由埠头坐了轿子去的。轿子走的都是僻路；使我诧异，为什么堂堂一个府城，竟会这样冷静！那时正是春天，而因天气的薄阴和道路的幽寂，使我宛然如入了秋之国土。约莫到了卖冲桥边，我看见那清绿的北固山，下面点缀着几带朴实的洋房子，心胸顿然开朗，仿佛微微的风拂过我的面孔似的。到了校里，登楼一望，见远山之上，都幂着白云。四面全无人声，也无人影；天上的鸟也无一只。只背后山上谡谡的松风略略可听而已。那时我真脱却人间烟火气而飘飘欲仙了！后来我虽然发现了那座楼实在太坏了：柱子如鸡骨，地板如鸡皮！但自然的宽大使我忘记了那房屋的狭窄。我于是曾好几次爬到北固山的顶上，去领略那飕飕的高风，看那低低的、小小的、绿绿的田亩。这是我最高兴的。

来信说起紫藤花，我真爱那紫藤花！在那样朴陋——现在大概不那样朴陋了吧——的房子里、庭院中，竟有那样雄伟、那样繁华的紫藤花，真令我十二分惊诧！她的雄伟与繁华遮住了那朴陋，使人一对照，反觉朴陋倒是不可少似的，使人幻想“美好的昔日”！我也曾几度在花下徘徊：那时学生都上课去了，只剩我一人。暖和的晴日，鲜艳的花色，嗡嗡的蜜蜂，酝酿着一庭的春意。我自己如浮在茫茫的春之海里，不知怎么是好！那花真好看：苍老虬劲的枝干，这么粗这么粗的枝干，宛转腾挪而上；谁知她的纤指会那样嫩，那样艳丽呢？那花真好看：一缕缕垂垂的细丝，将她们悬在那皴裂的臂上，临风婀娜，真像嘻嘻哈哈的小姑娘，真像凝妆的少妇，像两颊又像双臂，像胭脂又像粉……我在他们下课的时候，又曾几度在楼头眺望，那风姿更是撩人：云哟，霞哟，仙女哟！我离开台州以后，永远没见过那样好的紫藤花，我真惦记她，我真妒羡你们！

此外，南山殿望江楼上看浮桥（现在早已没有了），看憧憧的人在长长的桥上往来着；东湖水阁上，九折桥上看柳色和水光，看钓鱼的人；府后山沿路看田野，看天；南门外看梨花——再回到北固山，冬天在医院前看山上的雪，都是我喜欢的。说来可笑，我还记得我从前住过的旧仓头杨姓的房子里的一张画桌。那是一张红漆的、一丈光景长而狭的画桌，我放它在我楼上的窗前，在上面读书，和人谈话，过了我半年的生活。现在想已搁起来无人用了吧？唉！

台州一般的人真是和自然一样朴实，我一年里只见过三个上海装束的流氓！学生中我颇有记得的。前些时有位P君写信给我，我虽未有工夫作复，但心中很感谢！乘此机会请你为我转告一句。

我写的已多了；这些胡乱的话，不知可附载在《绿丝》的末尾，使它和我的旧友见见面吗？

弟　自清

一九二七年九月二十七日

水样的春愁[①]

· 郁达夫

洋学堂里的特殊科目之一，自然是伊利哇啦的英文。现在回想起来，虽不免有点觉得好笑，但在当时，杂在各年长的同学当中，和他们一样地曲着背，耸着肩，摇摆着身体，用了读《古文辞类纂》的腔调，高声朗诵着皮衣啤、皮哀排的精神，却真是一点儿含糊苟且之处都没有的。初学会写字母之后，大家所急于想一试的，是自己的名字的外国写法；于是教英文的先生，在课余之暇就又多了一门专为学生拼英文名字的工作。有几位想走捷径的同学，并且还去问过先生，外国《百家姓》和外国《三字经》有没有得买的？先生笑着回答说，外国《百

① 选自《郁达夫散文》，郁达夫著，北京：人民文学出版社，2016年8月。

家姓》和《三字经》，就只有你们在读的那一本泼刺玛的时候，同学们于失望之余，反更是皮哀排、皮衣啤地叫得起劲。当然是不用说的，学英文还没有到一个礼拜，几本当教科书用的《十三经注疏》《御批通鉴辑览》的黄封面上，大家都各自用墨水笔题上了英文拼的歪斜的名字。又进一步，便是用了异样的发音，操英文说着“你是一只狗”“我是你的父亲”之类的话，大家互讨便宜地混战；而实际上，有几位乡下的同学，却已经真的是两三个小孩子的父亲了。

因为一班之中，我的年龄算最小，所以自修室里，当监课的先生走后，另外的同学们在密语着哄笑着的关于男女的问题，我简直一点儿也感不到兴趣。从性知识发育落后的一点上说，我确不得不承认自己是一个最低能的人。又因自小就习于孤独，困于家境的结果，怕羞的心、畏缩的性，更使我的胆量，变得异常地小。在课堂上，坐在我左边的一位同学，年纪只比我大了一岁，他家里有几位相貌长得和他一样美的姊妹，并且住得也和学堂很近很近。因此，在校里，他就是被同学们苦缠得最厉害的一个；而礼拜天或假日，他的家里，就成了同学们的聚集的地方。当课余之暇，或放假期里，他原也恳切地邀过我几次，邀我上他家里去玩去；但形秽之感，终于把我的向往之心压住，曾有好几次想决心跟了他上他家去，可是到了他们的门口，却又同罪犯似的逃了。他以他的美貌，以他的财富和姊妹，不但在学堂里博得了绝大的声势，就是在我们那小小的县城里，也赢得了一般的好誉。而尤其使我羡慕的，是他的那一种对同我们是同年辈的异性们的周旋才略，当时我们县城里的几位相貌比较艳丽一点的女性，个个是和他要好的，但他也实在真胆大，真会取巧。

当时同我们是同年辈的女性，装饰入时，态度豁达，为大家所称道的，有三个。一个是一位在上海开店，富甲一邑的商人赵某的侄女；她住得和我最近。还有两个，也是比较富有的中产人家的女儿，在交通不便的当时，已经各跟了她们家里的亲戚，到杭州上海等地方去跑跑了；她们俩，却都是我那位同学的邻居。这三个女性的门前，当傍晚的时候，或月明的中夜，老有一个一个的黑影在徘徊；这些黑影的当中，有不少都是我们的同学。因为每到礼拜一的早晨，没有上课之先，我老听见有同学们在操场上笑说在 道，并且时时还高声地用着英文作了隐语，如“我看见她了！”“我听见她在读书”之类。而无论在什么地方于什么时候的凡关于这一类的谈话的中心人物，总是课堂上坐在我的左边，年龄只比我大一岁的那一位天之骄子。

赵家的那位少女，皮色实在细白不过，脸形是瓜子脸；更因为她家里有了几个钱，而又时常上上海她叔父那里去走动的缘故，衣服式样的新异，自然可以不必说，就是做衣服的材料之类，也都是当时未开通的我们所不曾见过的。她们家里，只有一位寡母和一个年轻的女仆，而住的房子却很大很大。门前是一排柳树，柳树下还杂种着些鲜花；对面的一带红墙，是学宫的泮水围墙，泮池上的大树，枝叶垂到了墙外，红绿便映成着一色。当浓春将过，首夏初来的春三四月，脚踏着日光下石砌路上的树影，手捉着扑面飞舞的杨花，到这一条路上去走走，就是没有什么另外的奢望，也很有点像梦里的游行，更何况楼头窗里，时常会有那一张少女的粉脸出来向你抛一眼两眼的低眉斜视呢！

此外的两个女性，相貌更是完整，衣饰也尽够美丽，并且因为她俩的住址接近，出来总在一道，平时在家，也老在一处，所以胆子也大，认识的人也多。她们在二十余年前的当时，已经是开放得很，有点像现代的自由女子了，因而上她们家里去鬼混，或到她们门前去守望的青年，数目特别地多，种类也自然要杂。

我虽则胆量很小，性知识完全没有，并且也有点过分的矜持，以为成日地和女孩子们混在一道，是读书人的大耻，是没出息的行为；但到底还是一个亚当的后裔，喉头的苹果，怎么也吐它不出咽它不下，同北方厚雪地下的细草萌芽一样，到得冬来，自然也难免得有些望春之意。老实说将出来，我偶尔在路上遇见她们中间的无论哪一个，或凑巧在她们门前走过一次的时候，心里也着实有点儿难受。

住在我那同学邻近的两位，因为距离的关系，更因为她们的处世知识比我长进，人生经验比我老成得多，和我那位同学当然是早已有过纠葛，就是和许多不是学生的青年男子，也各已有了种种的风说，对于我虽像是一种含有毒汁的妖艳的花，诱惑性或许格外地强烈，但明知我自己绝不是她们的对手，平时不过于遇见的时候有点难以为情的样子，此外倒也没有什么了不得的思慕，可是那一位赵家的少女，却整整地恼乱了我两年的童心。

我和她的住处比较得近，故而三日两头，总有着见面的机会。见面的时候，她或许是无心，只同对于其他的同年辈的男孩子打招呼一样，对我微笑一下，点一点头，但在我却感得同犯了大罪被人发觉了的样子，和她见面一次，马上要变得头昏耳热，胸腔里的一颗心突突地总有半个钟头好跳。因此，我上学去或下课回来，以及平时在家或出外去的时候，总无时无刻不在留心，想避去和她的相见。但遇到了她，等她走过去后，或用功用得很疲乏把眼睛从书本子举起的一瞬间，心里又老在盼望，盼望着她再来一次，再上我的眼面前来立着对我微笑一脸。

有时候从家中进出的人的口里传来，听说“她和她母亲又上上海去了，不知要什么时候回来？”我心里会同时感到一种像释重负又像失去了什么似的忧虑，生怕她从此一去，将永久地不回来了。

同芭蕉叶似的重重包裹着的我这一颗无邪的心，不知在什么地方，透露了消息，终于被课堂上坐在我左边的那位同学看穿了。一个礼拜六的下午，落课之后，他轻轻地拉着了我的手对我说："今天下午，赵家的那个小丫头，要上倩儿家去，你愿不愿意和我同去一道玩儿？"这里所说的倩儿，就是那两位他邻居的女孩子之中的一个的名字。我听了他的这一句密语，立时就涨红了脸，喘急了气，嗫嚅着说不出一句话来回答他，尽在拼命地摇头，表示我不愿意去，同时眼睛里也水汪汪地想哭出来的样子；而他却似乎已经看破了我的隐衷，得着了我的同意似的用强力把我拖出了校门。

到了倩儿她们的门口，当然又是一番争执，但经他大声地一喊，门里的三个女孩，却同时笑着跑出来了；已经到了她们的面前，我也没有什么别的办法了，自然只好俯着首，红着脸，同被绑赴刑场的死刑囚似的跟她们到了室内。经我那位同学带了滑稽的声调将如何把我拖来的情节说了一遍之后，她们接着就是一阵大笑。我心里有点气起来了，以为她们和他在侮辱我，所以于羞愧之上，又加了一层怒意。但是奇怪得很，两只脚却软落来了，心里虽在想一溜跑走，而腿神经终于不听命令。跟她们再到客房里去坐下，看她们四人捏起了骨牌，我连想跑的心思也早已忘掉，坐将在我那位同学的背后，眼睛虽则时时在注视着牌，但间或得着机会，也着实向她们的脸部偷看了许多次数。等她们的输赢赌完，一餐东道的夜饭吃过，我也居然和她们伴熟，有说有笑了。临走的时候，倩儿的母亲还派了我一个差使，点上灯笼，要我把赵家的女孩送回家去。自从这回后，我也居然入了我那同学的伙，不时上赵家和另外的两女孩家去进出了；可是生来胆小，又加以毕业考试的将次到来，我的和她们的来往，终没有像我那位同学似的繁密。

正当我十四岁的那一年春天（一九〇九，宣统元年己酉），是旧历正月十三的晚上，学堂里于白天给予了我以毕业文凭及增生执照之后，就在大厅上摆起了五桌送别毕业生的酒宴。这一晚的月亮好得很，天气也温暖得像二三月的样子。满城的爆竹，是在庆祝新年的上灯佳节，我于喝了几杯酒后，心里也感到了一种不能抑制的欢欣。出了校门，踏着月亮，我的双脚，便自然而然地走向了赵家。她们的女仆陪她母亲上街去买蜡烛水果等过元宵的物品去了，推门进去，我只见她一个人拖着了一条长长的辫子，坐在大厅上的桌子边上洋灯底下练习写字。听见了我的脚步声音，她头也不朝转来，只曼声地问了一声：“是谁？”我故意屏着声，提着脚，轻轻地走上了她的背后，一使劲一口就把她面前的那盏洋灯吹灭了。月光如潮水似的浸满了这一座朝南的大厅，她于一声高叫之后，马上就把头朝了转来。我在月光里看见了她那张大理石似的嫩脸，和黑水晶似的眼睛，觉得怎么也熬忍不住了，顺势就伸出了两只手去，捏住了她的手臂。两人的中间，她也不发一语，我也并无一言，她是扭转了身坐着，我是向她立着的。她只微笑着看看我看看月亮，我也只微笑着看看她看看中庭的空处，虽然此外的动作，轻薄的邪念，明显的表示，一点儿也没有，但不晓怎样一股满足、深沉、陶醉的感觉，竟同四周的月亮一样，包满了我的全身。

两人这样地在月光里沉默着相对，不知过了多久，终于她轻轻地开始说话了："今晚上你在喝酒？""是的，是在学堂里喝的。"到这里我才放开了两手，向她边上的一张椅子里坐了下去。"明天你就要上杭州去考中学去吗？"停了一会儿，她又轻轻地问了一声。"嗳，是的，明朝坐快班船去。"两人又沉默着，不知坐了几多时候，忽听见门外头她母亲和女仆说话的声音渐渐儿地近了，她于是就忙着立起来擦洋火，点上了洋灯。

她母亲进到了厅上，放下了买来的物品，先向我说了些道贺的话，我也告诉了她，明天将离开故乡到杭州去。谈不上半点钟的闲话，我就匆匆告辞出来了。在柳树影里披了月光走回家来，我一边回味着刚才在月光里和她两人相对时的沉醉似的恍惚，一边在心的底里，忽而又感到了一点极淡极淡，同水一样的春愁。

辑四

聚拢是烟火，摊开是人间

别一个宴之趣，是我们近几年所常常领略到的，那就是集合了好几个无所不谈的朋友，全座没有一个生面孔，在随意地喝着酒，吃着菜，上天下地地谈着。

爆炒米花[①]

·丰子恺

楼窗外面“砰”的一响，好像放炮，又好像轮胎爆裂。推窗一望，原来是“爆炒米花”。

这东西我小时候似乎不曾见过，不知是什么时候开始有的。这个名称我也不敢确定，因为那人的叫声中音乐的成分太多，字眼听不清楚。问问别人，都说“爆炒米花吧”。然而爆而又炒，语法欠佳，恐非正确。但这姑且不论，总之，这是用高热度把米粒放大的一种工作。这工作的工具是一个有柄的铁球，一只炭炉，一只风箱，一只麻袋和一张小凳。爆炒米花者把人家托他爆的米放进铁球里，密封起来，把铁球架在炭炉

① 选自《丰子恺散文》，丰子恺著，北京：人民文学出版社，2013年11月。

上；然后坐在小凳上了，右手扯风箱，左手握住铁球的柄，把它摇动，使铁球在炭炉上不绝地旋转，旋到相当的时候，他把铁球从炭炉上卸下，放进麻袋里，然后启封——这时候发出“砰”的一响，同时米粒从铁球中迸出，落在麻袋里，颗颗同黄豆一般大了！爆炒米花者就拿起麻袋来，把这些米花倒在请托者拿来的篮子里，然后向他收取若干报酬。请托者大都笑嘻嘻地看看篮子里黄豆一般大的米花，带着孩子，拿着篮子回去了。这原是孩子们的闲食，是一种又滋养、又卫生、又经济的闲食。

我家的劳动大姐主张不用米粒，而用年糕来托他爆。把水磨年糕切成小拇指大的片子放在太阳里晒干，然后拿去托他爆。爆出来的真好看：小拇指大的年糕片，都变得同十支香烟簏子一般大了！爆的时候加入些糖，吃起来略带甜味，不但孩子们爱吃，大人们也都喜欢，因为它质地很松，容易消化，多吃些也不会伤胃。“空隆空隆”地嚼了好久，而实际上吃下去的不过小拇指大的一片年糕。

我吃的时候曾经作如是想：倘使不爆，要人吃小拇指大的几片硬年糕，恐怕不见得大家都要吃。因为硬年糕虽然营养丰富，但是质地太致密，不容易嚼碎，不容易消化。只有胃健的人，消化力强大的人，例如每餐“斗米十肉”的古代人，才能吃硬年糕；普通人大都是没有这胃口的吧。而同是这硬年糕，一经爆过，一经放松，普通人就也能吃，并且爱吃，即使是胃弱的人也消化得了。这一爆的作用就在于此。

想到这里，恍然若有所感。似乎觉得这东西象征着另一种东西。我回想起了三十年前，我初作《缘缘堂随笔》时的一件事。

《缘缘堂随笔》结集成册，在开明书店出版了。那时候我已经辞去教师和编辑之职，从上海迁回故乡石门湾，住在老屋后面的平屋里。我故乡有一位前辈先生，姓杨名梦江，是我父亲的好友，我两三岁的时候，父亲教我认他为义父，我们就变成了亲戚。我迁回故乡的时候，我父亲早已故世，但我常常同这位义父往来。他是前清秀才，诗书满腹。有一次，我把新出版的《缘缘堂随笔》送他一册，请他指教。过了几天他来看我，谈到了这册随笔，我敬求批评。他对那时正在提倡的白话文向来抱反对态度，我料他的批评一定是否定的。果然，他起初就局部略微称赞几句，后来的结论说："不过，这种文章，教我们做起来，每篇只要二十八个字——一首七绝；或者二十个字——一首五绝。"

我初听到这话，未能信受。继而一想，觉得大有道理！古人作文，的确言简意繁，辞约义丰，不像我们的白话文那么噜哩噜苏。回想古人的七绝和五绝，的确每首都可以作为一篇随笔的题材。例如最周知的唐诗："去年今日此门中，人面桃花相映红。人面不知何处去，桃花依旧笑东风[1]。”“少小离家老大回，乡音无改鬓毛衰。儿童相见不相识，笑问客从何处来。”这两个题材，倘使教我来表达，我得写每篇两三千字的两篇抒情随笔。“昨日入城市，归来泪满巾。遍身罗绮者，不是养蚕人。”“长安买花者，一枝值万钱。道旁有饥人，一钱不肯捐。”这两个题材，倘教我来表达，我也许要写成——倘使我会写的话——两篇讽喻短篇小说呢！于是我佩服这位老前辈的话，表示衷心地接受批评。

三十年前这位老前辈对我说的话，我一直保存在心中，不料今天同窗外的“爆炒米花”相结合了，我想：原来我的随笔都好比是爆过、放松过的年糕！

---

① 一作“桃花依旧笑春风”。

饮酒[①]

· 梁实秋

酒实在是妙。几杯落肚之后就会觉得飘飘然、醺醺然。平素道貌岸然的人，也会绽出笑脸；一向沉默寡言的人，也会议论风生。再灌下几杯之后，所有的苦闷烦恼全都忘了，酒酣耳热，只觉得意气飞扬，不可一世，若不及时知止，可就难免玉山颓欹，剔吐纵横，甚至撒疯骂座，以及种种的酒失酒过全部地呈现出来。莎士比亚的《暴风起》里的卡力班，那个象征原始人的怪物初尝酒味，觉得妙不可言，以为把酒给他喝的那个人是自天而降，以为酒是甘露琼浆，不是人间所有物。美洲印

① 选自《梁实秋散文》，梁实秋著，北京：人民文学出版社，2013年11月。

第安人初与白人接触，就是被酒所倾倒，往往不惜举土地畀[1]人以交换一些酒浆。印第安人的衰灭，至少一部分是由于他们的荒腆于酒。

我们中国人饮酒，历史久远。发明酒者，一说是仪逖，又说是杜康。仪逖夏朝人，杜康周朝人，相距很远，总之是无可稽考。也许制酿的原料不同、方法不同，所以仪逖的酒未必就是杜康的酒。《尚书》有“酒诰”之篇谆谆以酒为戒，一再地说“祀兹酒”（停止这样地喝酒）、“无彝酒”（勿常饮酒），想见古人饮酒早已相习成风，而且到了“大乱丧德”的地步。三代以上的事多不可考，不过从汉起就有酒榷之说，以后各代因之，都是课税以裕国帑，并没有寓禁于征的意思。酒很难禁绝，美国一九二〇年起实施酒禁，雷厉风行，依然到处都有酒喝。当时笔者道出纽约，有一天友人邀我食于某中国餐馆，入门直趋后室，索五加皮，开怀畅饮。忽警察闯入，友人止予勿惊。这位警察徐徐就座，解手枪，锵然置于桌上，索五加皮独酌，不久即伏案酣睡。一九三三年酒禁废，直如一场儿戏。民之所好，非政令所能强制。在我们中国，汉萧何造律：“三人以上无故群饮，罚金四两。”此律不曾彻底实行。事实上，酒楼妓馆处处笙歌，无时不飞觞醉月。

---

① 音同必，意为给。

文人雅士水边修禊，山上登高，一向离不开酒。名士风流，以为持螯把酒，便足了一生；甚至于酣饮无度，扬言“死便埋我”，好像大量饮酒不是什么不很体面的事，真所谓“酗于酒德”。

对于酒，我有过多年的体验。第一次醉是在六岁的时候，侍先君饭于致美斋（北平煤市街路西）楼上雅座，窗外有一棵不知名的大叶树，随时簌簌作响。连喝几盅之后，微有醉意，先君禁我再喝，我一声不响站立在椅子上舀了一匙高汤，泼在他的一件两截衫上。随后我就倒在旁边的小木炕上呼呼大睡，回家之后才醒。我的父母都喜欢酒，所以我一直都有喝酒的机会。“酒有别肠，不必长大”，语见《十国春秋》，意思是说酒量的大小与身体的大小不必成正比例，壮健者未必能饮，瘦小者也许能鲸吸。我小时候就是瘦弱如一根绿豆芽。酒量是可以慢慢磨炼出来的，不过有其极限。我的酒量不大，我也没有亲见过一般人所艳称的那种所谓海量。古代传说“文王饮酒千钟，孔子百觚”，王充《论衡·语增篇》就大加驳斥，他说：“文王之身如防风之君，孔子之体如长狄之人，乃能堪之。”且“文王、孔子率礼之人也”，何至于醉酗乱身？就我孤陋的见闻所及，无论是“青州从事”或“平原督邮”，大抵白酒一斤或黄酒三五斤即足以令任何人头昏目眩、黏牙倒齿。唯酒无量，以不及于乱为度，看各人自制力如何耳。不为酒困，便是高手。

酒不能解忧，只是令人在由兴奋到麻醉的过程中暂时忘怀一切。即刘伶所谓“无息无虑，其乐陶陶”。可是酒醒之后，所谓“忧心如醒”，那份病酒的滋味很不好受，所付代价也不算小。我在青岛居住的时候，那地方背山面海，风景如绘，在很多人心目中是最理想的卜居之所，唯一缺憾是很少文化背景，没有古迹耐人寻味，也没有适当的娱乐。看山观海，久了也会腻烦，于是呼朋聚饮，三日一小饮，五日一大宴，豁拳行令，三十斤花雕一坛，一夕而罄。七名酒徒加上一位女史，正好八仙之数，乃自命为酒中八仙。有时且结伙远征，近则济南，远则南京、北京，不自谦抑，狂言“酒压胶济一带，拳打南北二京”，高自期许，俨然豪气干云的样子。当时作践了身体，这笔账日后要算。一日，胡适之先生过青岛小憩，在宴席上看到八仙过海的盛况大吃一惊，急忙取出他太太给他的一个金戒指，上面镌有“戒”字，戴在手上，表示免战。过后不久，胡先生就写信给我说：“看你们喝酒的样子，就知道青岛不宜久居，还是到北京来吧！”我就到北京去了。现在回想当年酗酒，哪里算得是勇，真是狂。

酒能削弱人的自制力，所以有人酒后狂笑不止，也有人痛哭不已，更有人口吐洋语滔滔不绝，也许会把平素不敢告人之事吐露一二，甚至把别人的阴私也当众抖搂出来。最令人难堪的是强人饮酒，或单挑，或围剿，或投下井之石，千方万计要把别人灌醉，有人诉诸武力，捏着人家的鼻子灌酒！这也许是人类长久压抑下的一部分兽性之发泄，企图获取胜利的满足，比拿起石棒给人迎头一击要文明一些而已。那咄咄逼人的声嘶力竭的豁拳，在赢拳的时候，那一声拖长了的绝叫，也是表示内心的一种满足。在别处得不到满足，就让他们在聚饮的时候如愿以偿吧！只是这种闹饮，以在有隔音设备的房间里举行为宜，免得侵扰他人。

《菜根谭》所谓“花看半开，酒饮微醺”的趣味，才是最令人低回的境界。

腊八粥[①]

·沈从文

初学喊爸爸的小孩子，会出门叫洋车了的大孩子，嘴巴上长了许多白胡胡的老孩子，提到腊八粥，谁不口上就立时生一种甜甜的腻腻的感觉呢。把小米、饭豆、枣、栗、白糖、花生仁儿合并拢来糊糊涂涂煮成一锅，让它在锅中叹气似的沸腾着，单看它那叹气样儿，闻闻那种香味，就够咽三口以上的唾沫了，何况是，大碗大碗地装着，大匙大匙朝口里塞灌呢！

住方家大院的八儿，今天喜得快要发疯了。一个人出出进进灶房，看到那一大锅正在叹气的粥，碗盏都已预备得整齐摆到灶边好久了，但他妈总说是时候还早。

---

① 选自《湘西往事》，沈从文著，北京：中国青年出版社，2017年5月。

他妈正拿起一把锅铲在粥里搅和。锅里的粥也像是益发浓稠了。

“妈，妈，要到什么时候才……”

“要到夜里！”其实他妈所说的夜里，并不是上灯以后。但八儿听了这种松劲的话，眼睛可急红了。锅子中，有声无力的叹气正还在继续。

“那我饿了！”八儿要哭的样子。

“饿了，也得到太阳落下时才准吃。”

饿了，也得到太阳落下时才准吃。你们想，妈的命令，看羊还不够资格的八儿，难道还能设什么法来反抗吗？并且八儿所说的饿，也不可靠，不过因为一进灶房，就听到那锅子中叹气又像是正在呻唤的东西，因好奇而急于想尝尝这奇怪东西罢了。

“妈，妈，等一下我要吃三碗！我们只准大哥吃一碗。大哥同爹都吃不得甜的，我们俩光吃甜的也行……妈，妈，你吃三碗我也吃三碗，大哥同爹只准各吃一碗；一共八碗，是吗？”

“是呀！孥孥说得对。”“要不然我吃三碗半，你就吃两碗半……”

“卜……”锅内又叹了声气。八儿回过头来了。

比灶矮了许多的八儿，回过头来的结果，亦不过看到一股淡淡烟气往上一冲而已。

锅中的一切，这在八儿，只能猜想……栗子会已稀烂到认不清楚了吧，赤饭豆会煮得浑身透肿成了患水鼓胀病那样子了吧，花生仁儿吃来总已是面东东的了！枣子必大了三四倍——要是真的干红枣也有那么大，那就妙极了！糖若放多了，它会起锅巴……

“妈，妈，你抱我起来看看吧！”于是妈就如八儿所求的把他抱了起来。

“呀……”他惊异得喊起来了，锅中的一切已进了他的眼中。这不能不说是奇怪呀，栗子跌进锅里，不久就得粉碎，那是他知道的。他曾见过跌进到黄焖鸡锅子里的一群栗子，不久就融掉了。赤饭豆害水臌肿，那也是往常熬粥时常见的事。花生仁儿脱了他的红外套，这是不消说的事。锅巴，正是围了锅边成一圈。总之，一切都成了如他所猜的样子了，但他却不想到今日粥的颜色是深褐。

“怎么，黑的？”八儿还同时想起染缸里的脏水。

“枣子同赤豆搁多了。”妈的解释的结果，是捡了一枚特别大得吓人的赤枣给了八儿。

虽说是枣子同饭豆搁得多了一点，但大家都承认味道是比普通的粥要好吃得多了。

夜饭桌边，靠到他妈斜立着的八儿，肚子已成了一面小鼓了。如在热天，总免不了又要为他妈的手掌麻烦一番吧。在他身边桌上那两只筷子，很浪漫地摆成一个十字。桌上那大青花碗中的半碗陈腊肉，八儿的爹同妈也都奈何它不来了。

“妈，妈，你喊哈叭[1]出去了吧！讨厌死了，尽到别人脚下钻！”若不是八儿脚下弃得腊肉皮骨格外多，哈叭也不会单同他来那么亲热吧。“哈叭，我八儿要你出去，快滚吧……”接着是一块大骨头掷到地上，哈叭总算知事，衔着骨头到外面啃嚼去了。

“再不知趣，就赏它几脚！”八儿的爹，看那只哈叭摇着尾巴很规矩地出去后，对着八儿笑笑地说。

其实，“赏它几脚”的话，倘若真要八儿来执行，还不是空的？凭你八儿再用力重踢它几脚，让你八儿狠狠地用出吃奶力气，顽皮的哈叭，它不还是依然伏在桌下嚼它所愿嚼的东西吗？

因为“赏它几脚”的话，又使八儿的妈记起了许多他爹平素袒护狗的事。“赏它几脚，你看到它欺负八儿，哪一次又舍得踢它？八宝精似的，养得它恣刺得怪不逗人欢喜，一吃饭就来桌子下头钻，赶出去还得丢一块骨头，其实都是你惯死了

① 即哈巴狗。

它！”这显然是对八儿的爹有点揶揄了。

“真的，妈，它还抢过我的鸭子脑壳呢。”其实这也只能怪八儿那一次自己手松。然而八儿偏把这话来帮助他妈说哈叭的坏话。“那我明天就把哈叭带到场上去，不再让它同你玩。”果真八儿的爹的宣言是真，那以后八儿就未免寂寞了。然而八儿知道爹是不会把狗带到场上去的，故毫不气馁。

“让他带去，我宝宝一个人不会玩，难道必定要一个狗来陪吗？”以下的话风又转到了爹的身上，“牵了去也免得天天同八儿争东西吃！”“你只恨哈叭，哈叭哪里及得到梁家的小黄呢？”“要是小黄在我家里，我早就喊人来打死卖到汤锅铺子去了。”八儿的妈说来脸已红红的。小黄是怎么一个样子，乃值得八儿的爹提出来同哈叭相较呢？那是上隔壁梁家一只守门狗，有得是见人就咬的一张狠口。梁家因了这只狗，几多熟人都不敢上门了。但八儿的妈，时常过梁家时，那狗却像很客气似的，低低吠两声就走了开去。八儿的妈，以为这已是互相认识的一种表示了，所以总不大如别人样对这狗防备。上月子，为八儿做满八岁的生日，八儿的妈上梁家去借碓舂粑粑，进门后，小黄突然一变往日态度，毫不认账似的，扑拢来大腿腱子肉上咬了一口就走了。这也只能怪她自己，头上顶了那个平素小黄不曾见她顶过的竹簸。落后是梁四屋里人为敷上了止血药，又为把米粉舂好了事。转身时，八儿的妈就一[illegible]为他爹说了，还说那畜生连天天见面的人也认不清，真的该拿来打死起。因此一来，八儿的爹就找出一句为自己心爱这只哈叭护短的话了。譬如是哈叭顽皮到使八儿的妈发气时，八儿的爹就把“比梁家小黄就不如了”“那你喜欢小黄吧”“我这哈叭可惜不会咬人”一类足以证明这只哈叭虽顽皮实天真驯善的话来解围，自然这一类解围的话中，还夹着点逗自己奶奶开心的意味。

本来那一次小黄给她的惊吓比痛苦还多，请想：两只手正扶着一个大簸簸，而那畜生闪不知扑拢来就在你腱子肉上啃一下，怎不使人气愤？要是八儿家哈叭竟顽皮到同小黄一样，恐怕八儿的爹，不再要奶奶提议，也早做成打狗的杨大爷一笔生意了。

八儿不着意地把头转到门帘子脚边去，两个白花耳朵同一双大眼睛又在门帘下脚掀开处出现了。哈叭像是心里怯怯的，只把一个头伸进房来看里面的风色，又像不好意思似的（尾巴也在摇摆）。“混账……”很懂事样子经过八儿一声吆喝，哈叭那个大头就不见了。

然而八儿知道哈叭这时还在门帘外边徘徊。

饮食男女在福州[1]

· 郁达夫

福州的食品，向来就很为外省人所赏识：前十余年在北平，说起私家的厨子，我们总同声一致地赞成刘崧生先生和林宗孟先生家里的蔬菜的可口。当时宣武门外的忠信堂正在流行，而这忠信堂的主人，就系旧日刘家的厨子，曾经做过清室的御厨房的。上海的小有天以及现在早已歇业了的消闲别墅，在粤菜还没有征服上海之先，也曾盛行过一时。面食里的伊府面，听说还是汀州伊墨卿太守的创作。太守住扬州日久，与袁子才也时相往来，可惜他没有像随园老人那么好事，留下一本食谱来，教给我们以烹调之法。否则，这一个福建萨伐郎

① 选自《郁达夫散文》，郁达夫著，北京：人民文学出版社，2016年8月。

（Savarin）的荣誉，也早就可以驰名海外了。

福建菜的所以会这样著名，而实际上却也实在是丰盛不过的原因。第一，当然是由于天然物产的富足。福建全省，东南并海，西北多山，所以山珍海味，一例地都贱如泥沙。听说沿海的居民，不必忧虑饥饿，大海潮回，只消上海滨去走走，就可以拾一篮海货来充作食品。又加以地气温暖，土质腴厚，森林蔬菜，随处都可以培植，随时都可以采撷。一年四季，笋类菜类，常是不断；野菜的味道，吃起来又比别处的来得鲜甜。福建既有了这样丰富的天产，再加上以在外省各地游宦营商者的数目的众多，作料采从本地，烹制学自外方，五味调和，百珍并列，于是乎闽菜之名，就宣传在饕餮家的口上了。清初周亮工著的《闽小纪》两卷，记述食品处独多，按理原也是应该的。

福州海味，在春三二月间，最流行而最肥美的，要算来自长乐的蚌肉，与海滨一带多有的蛎房。《闽小纪》里所说的西施舌，不知是否指蚌肉而言；色白而腴，味脆且鲜，以鸡汤煮得适宜，长圆的蚌肉，实在是色香味俱佳的神品。听说从前有一位海军当局者，老母病剧，颇思乡味；远在千里外，欲得一蚌肉，以解死前一刻的渴慕，部长纯孝，就以飞机运蚌肉至都。从这一件轶事看来，也可想见这蚌肉的风味了；我这一回赶上福州，正及蚌肉上市的时候，所以红烧白煮，吃尽了几百个蚌，总算也是此生的豪举，特笔记此，聊志口福。

蛎房并不是福州独有的特产，但福建的蛎房，却比江浙沿海一带所产的，特别的肥嫩清洁。正二三月间，沿路的摊头店里，到处都堆满着这淡蓝色的水包肉：价钱的廉，味道的鲜，比到东坡在岭南所贪食的蚝，当然只会得超过。可惜苏公不曾到闽海去谪居，否则，阳羡之田，可以不买，苏氏子孙，或将永寓在三山二塔之下，也说不定。福州人叫蛎房作“地衣”，略带“挨”字的尾声，写起字来，我想只有“蚳”字，可以当得。

在清初的时候，江瑶柱似乎还没有现在那么的通行，所以周亮工再三地称道，誉为逸品。在目下的福州，江瑶柱却并没有人提起了，鱼翅席上，缺少不得的，倒是一种类似宁波横脚蟹的蟳蟹，福州人叫作“新恩”，《闽小纪》里所说的虎蟳，大约就是此物。据福州人说，蟳肉最滋补，也最容易消化，所以产妇病人以及体弱的人，往往爱吃。但由对蟹类素无好感的我看来，却仍赞成周亮工之言，终觉得质粗味劣，远不及蚌与蛎房或香螺的来得干脆。

福州海味的种类，除上述的三种以外，原也很多很多；但是别地方也有，我们平常在上海也常常吃得到的东西，记下来也没有什么价值，所以不说。至于与海错相对的山珍哩，却更是可以干制，可以输出的东西，益发的没有记述的必要了，所以在这里只想说一说叫作肉燕的那一种奇异的包皮。

初到福州，打从大街小巷里走过，看见好些店家，都有一个大砧头摆在店中；一两位壮强的男子，拿了木锥，只在对着砧上的一大块猪肉，一下一下地死劲地敲。把猪肉这样的乱敲乱打，究竟算什么回事？我每次看见，总觉得奇怪；后来向福州的朋友一打听，才知道这就是制肉燕的原料了。所谓肉燕者，就是将猪肉打得粉烂，和入面粉，然后再制成皮子，如包馄饨的外皮一样，用以来包制菜蔬的东西。听说这物事在福建，也只是福州独有的特产。

福州食品的味道，大抵重糖；有几家真正福州馆子里烧出来的鸡鸭四件，简直是同蜜饯的罐头一样，不杂入一粒盐花。因此福州人的牙齿，十人九坏。有一次去看三赛乐的闽剧，看见台上演戏的人，个个都是满口金黄；回头更向左右的观众一看，妇女的嘴里也大半镶着全副的金色牙齿。于是天黄黄，地黄黄，弄得我这一向就痛恨金牙齿的偏执狂者，几乎想放声大哭，以为福州人故意在和我捣乱。

将这些脱嫌糖重的食味除起，若论到酒，则福州的那一种土黄酒，也还勉强可以喝得。周亮工所记的玉带春、梨花白、蓝家酒、碧霞酒、莲须白、河清、双夹、西施红、状元红等，我都不曾喝过，所以不敢品评。只有会城各处在卖的鸡老（酪）酒，颜色却和绍酒一样的红似琥珀，味道略苦，喝多了觉得头痛。听说这是以一生鸡，悬之酒中，等鸡肉鸡骨都化了后，然后开坛饮用的酒，自然也是越陈越好。福州酒店外面，都写酒库两字，发卖叫发扛，也是新奇得很的名称。以红糟酿的甜酒，味道有点像上海的甜白酒，不过颜色桃红，当是西施红等名目出处的由来。莆田的荔枝酒，颜色深红带黑，味甘甜如西班牙的宝德红葡萄酒，虽则名贵，但我却终不喜欢。福州一般宴客，喝的总还是绍兴花雕，价钱极贵，斤量又不足，而酒味也淡似沪杭各地，我觉得建庄终究不及京庄。

福州的水果花木，终年不断；橙柑、福橘、佛手、荔枝、龙眼、甘蔗、香蕉，以及茉莉、兰花、橄榄，等等，都是全国闻名的品物；好事者且各有谱牒之著，我在这里，自然可以不说。

闽茶半出武夷，就是不是武夷之产，也往往借这名山为号召。铁罗汉、铁观音的两种，为茶中柳下惠，非红非绿，略带赭色；酒醉之后，喝它三杯两盏，头脑倒真能清醒一下。其他若龙团玉乳，大约名目总也不少，我不恋茶娇，终是俗客，深恐品评失当，贻笑大方，在这里只好轻轻放过。

从《闽小纪》中的记载看来，番薯似乎还是福建人开始从南洋运来的代食品；其后因种植的便利，食味的甘美，就流传到内地去了；这植物传播到中国来的时代，只在三百年前，是明末清初的时候，因亮工所记如此，不晓得究竟是否确实。不过福建的米麦，向来就说不足，现在也须仰给于外省或台湾，但田稻倒又可以一年两植。而福州正式的酒席，大抵总不吃饭散场，因为菜太丰盛了，吃到后来，总已个个饱满，用不着再以饭颗来充腹之故。

饮食处的有名处所，城内为树春园、南轩、河上酒家、可然亭等。味和小吃，亦佳且廉；仓前的鸭面，南门兜的素菜与牛肉馆，鼓楼西的水饺子铺，都是各有长处的小吃处；久吃了自然不对，偶尔去一试，倒也别有风味。城外在南台的西菜馆，有嘉宾、西宴台、法大、西来，以及前临闽江、内设戏台的广聚楼等。洪山桥畔的义心楼，以吃形同比目鱼的贴沙鱼著名；仓前山的快乐林，以吃小盘西洋菜见称，这些当然又是菜馆中的别调。至如我所寄寓的青年会食堂，地方清洁宽广，中西菜也可以吃吃，只是不同耶稣的飨宴十二门徒一样，不许顾客醉饮葡萄酒浆，所以正式请客，大感不便。

此外则福建特有的温泉浴场，如汤门外的百合、福龙泉，飞机场的乐天泉等，也备有饮馔供客；浴客往往在这些浴场里可以鬼混一天，不必出外去买酒买食，却也便利。从前听说更可以在个人池内男女同浴，则饮食男女，就不必分求，一举竟可以两得了。

要说福州的女子，先得说一说福建的人种。大约福建土著的最初老百姓，为南洋近边的海岛人种；所以面貌习俗，与日本的九州一带，有点相像。其后汉族南下，与这些土人杂婚，就成了无诸种族，系在春秋战国，吴越争霸之后。到得唐朝，大兵入境；相传当时曾杀尽了福建的男子，只留下女人，以配光身的兵士；故而直至现在，福州人还呼丈夫为“唐晡人”，晡者系日暮袭来的意思，同时女人的“诸娘仔”之名，也出来了。还有现在东门外北门外的许多工女农妇，头上仍戴着三把银刀似的簪为发饰，俗称她们作三把刀，据说犹是当时的遗制。因为她们的父亲丈夫儿子，都被外来的征服者杀了；她们誓死不肯从敌，故而时时带着三把刀在身边，预备复仇。至今台湾的福建籍妓女，听说也是一样；亡国到了现在，也已经有好多年了，而她们却仍不肯与日本的嫖客同宿。若有人破此旧习，而与日本嫖客同宿一宵者，同人中就视作禽兽，耻不与伍，这又是多么悲壮的一幕惨剧！谁说犹唱后庭花处，商女都不知家国的兴亡哩！试看汉奸到处卖国，而妓女乃不肯辱身，其间相去，又岂只泾渭的不同？这一种古代的人种，与唐人杂婚之后，一部分不完全唐化，仍保留着他们固有的生活习惯，宗教仪式的，就是现在仍旧退居在北门外万山深处的畲民。此外的一族，以水上为家，明清以后，一向被视为贱民，不时受汉人的蹂躏的，相传其祖先系蒙古人。自元亡后，遂贬为蜑户，俗呼科蹄。科蹄实为曲蹄之别音，因他们常常曲膝盘坐在船舱之内，两脚弯曲，故有此称。串通倭寇，骚扰沿海一带的居民，古时在泉州叫作泉郎的，就是这一种人种的旁支。

因为福州人种的血统，有这种种的沿革，所以福建人的面貌，和一般中原的汉族，有点两样。大致广颡深眼，鼻子与颧骨高突，两颊深陷成窝，下颔部也稍稍尖凸向前。这一种面相，生在男人的身上，倒也并不觉得特别；但一生在女人的身上，高突部为嫩白的皮肉所调和，看起来却个个都是线条刻画分明，像是希腊古代的雕塑人形了。福州女子的另一特点，是在她们的皮色的细白。生长在深闺中的宦家小姐，不见天日，白腻原也应该；最奇怪的，却是那些住在城外的工农佣妇，也一例地有着那种嫩白微红，像刚施过脂粉似的皮肤。大约日夕灌溉的温泉浴是一种关系，吃的闽江江水，总也是一种关系。

我们从前没有居住过福建，心目中总只以为福建人种，是一种蛮族。后来到了那里，和他们的文化一接触，才晓得他们虽则开化得较迟，但进步得却很快；又因为东南是海港的关系，中西文化的交流，也比中原僻地为频繁，所以闽南的有些都市，简直繁华摩登得可以同上海来争甲乙。及至观察稍深，一移目到了福州的女性，更觉得她们的美的水准，比苏杭的女子要高好几倍；而装饰的入时、身体的康健，比到苏州的小型女子，又得高强数倍都不止。

“天生丽质难自弃”，表露欲，装饰欲，原是女性的特嗜；而福州女子所有的这一种显示本能，似乎比什么地方的人还要强一点。因而天晴气爽，或岁时伏腊，有迎神赛会的关头，南大街、仓前山一带，完全是美妇人披露的画廊。眼睛个个是灵敏深黑的，鼻梁个个是细长高突的，皮肤个个是柔嫩雪白的；此外还要加上以最摩登的衣饰，与来自巴黎纽约的化妆品的香雾与红霞，你说这幅福州晴天午后的全景，美丽不美丽？迷人不迷人？

亦唯因此之故，所以也影响到了社会，影响到了风俗。国民经济破产，是全国到处都一样的事实；而这些妇女们，又大半是不生产的中流以下的阶级。衣食不足，礼义廉耻之凋伤，原是自然的结果，故而在福州住不上几月，就时时有暗娼流行的风说，传到耳边上来。都市集中人口以后，这实在也是一种不可避免而亟待解决的社会大问题。

说及了娼妓，自然不得不说一说福州的官娼。从前邵武诗人张亨甫，曾著过一部《南浦秋波录》，是专记南台一带的烟花韵事的；现在世业凋零，景气全落，这些乐户人家，完全没有旧日的豪奢影子了。福州最上流的官娼，叫作白面处，是同上海的长三一样的款式。听几位久住福州的朋友说，白面处近来门可罗雀，早已掉在没落的深渊里了；其次还勉强在维持市面的，是以卖嘴不卖身为标榜的清唱堂，无论何人，只须花三元法币，就能进去听三出戏。就是这一时号称极盛的清唱堂，现在也一家一家地废了业，只剩了田墩的三五家人家。自此以下，则完全是惨无人道的下等娼妓，与野鸡款式的无名密贩了，数目之多，求售之切，到了骇人听闻的地步。至于城内的暗娼、包月妇、零售处之类，只听见公安维持者等谈起过几次，报纸上见到过许多回，内容虽则无从调查，但演绎起来，旁证以社会的萧条、产业的不振、国步的艰难，与夫人口的过剩，总也不难举一反三，晓得她们的大概。

总之，福州的饮食男女，虽比别处稍觉得奢侈，而福州的社会状态，比别处也并不见得十分地堕落。说到两性的纵弛、人欲的横流，则与风土气候有关，次热带的境内，自然要比温带寒带为剧烈。而食品的丰富，女子一般姣美与健康，却是我们不曾到过福建的人所意想不到的发现。

吃的[①]

· 朱自清

提到欧洲的吃喝，谁总会想到巴黎，伦敦是算不上的。不用说别的，就说煎山药蛋吧。法国的切成小骨牌块儿，黄争争的，油汪汪的，香喷喷的；英国的“条儿”（chips）却半黄半黑，不冷不热，干干儿的什么味也没有，只可以当饱罢了。再说英国饭吃来吃去，主菜无非是煎炸牛肉排、羊排骨，配上两样素菜；记得在一个人家住过四个月，只吃过一回煎小牛肝儿，算是新花样。可是菜做得简单，也有好处；材料坏容易见出，像大陆上厨子将坏东西做成好样子，在英国是不会的。大约他们自己也觉着腻味，所以一九二六那一年有一位华衣脱女

① 选自《朱自清散文》，朱自清著，北京：人民文学出版社，2014年1月。

士（E. White）组织了一个英国民间烹调社，搜求各市各乡的食谱，想给英国菜换点儿花样，让它好吃些。一九三一年十二月烹调社开了一回晚餐会，从十八世纪以来的食谱中选了五样菜（汤和点心在内），据说是又好吃，又不费事。这时候正是英国的国货年，所以报纸上颇为揄扬一番。可是，现在欧洲的风气，吃饭要少要快，那些陈年的老古董，怕总有些不合时宜吧。

吃饭要快，为的忙，欧洲人不能像咱们那样慢条斯理儿的，大家知道。干吗要少呢？为的卫生，固然不错，还有别的：女的男的都怕胖。女的怕胖，胖了难看；男的也爱那股标劲儿，要像个运动家。这个自然说的是中年人、少年人；老头子挺着个大肚子的却有的是。欧洲人一日三餐，分量颇不一样。像德国，早晨只有咖啡、面包，晚间常冷食，只有午饭重些。法国早晨是咖啡、月牙饼，午饭晚饭似乎一般分量。英国却早晚饭并重，午饭轻些。英国讲究早饭，和我国成都等处一样。有麦粥、火腿蛋、面包、茶，有时还有熏咸鱼、果子。午饭顶简单的，可以只吃一块烤面包、一杯咖啡；有些小饭店里出卖午饭盒子，是些冷鱼冷肉之类，却没有卖晚饭盒子的。

伦敦头等饭店总是法国菜，二等的有意大利菜、法国菜、瑞士菜之分；旧城馆子和茶饭店等才是本国味道。茶饭店与煎炸店其实都是小饭店的别称。茶饭店的“饭”原指的午饭，可是卖的东西并不简单，吃晚饭满成；煎炸店除了煎炸牛肉排、羊排骨之外，也卖别的。头等饭店没去过，意大利的馆子却去过两家。一家在牛津街，规模很不小，晚饭时有女杂耍和跳舞。只记得那回第一道菜是生蚝之类；一种特制的盘子，边上围着七八个圆格子，每格放半个生蚝，吃起来很雅相。另一家在由斯敦路[①]，也是个热闹地方。这家却小小的，通心细粉做得最好；将粉切成半分来长的小圈儿，用黄油煎熟了，平铺在盘儿里，洒上干酪（计司）粉，轻松鲜美，妙不可言。还有炸"搦气蚝"，鲜嫩清香，蝤蛑、瑶柱都不能及；只有宁波的蛎黄仿佛近之。

茶饭店便宜的有三家：拉衣恩司（Lyons）、快车奶房、ABC面包房。每家都开了许多店子，遍布市内外；ABC比较少些，也贵些，拉衣恩司最多。快车奶房炸小牛肉小牛肝和红烧鸭块都还可口；他们烧鸭块用木炭火，所以颇有中国风味。ABC炸牛肝也可吃，但火急肝老，总差点儿事；点心烤得却好，有几件比得上北平法国面包房。拉衣恩司似乎没什么出色的东西；但他家有两处"角店"，都在闹市转角处，那里却有好吃的。角店一是上下两大间，一是三层三大间，都可容一千五百人左右；晚上有乐队奏乐。一进去只见黑压压地坐满

① 今通译为尤斯顿路，英国伦敦一条重要干道。

了人，过道处窄得可以，但是气象颇为阔大（有个英国学生讥为“穷人的宫殿”，也许不错）；在那里往往找了半天站了半天才等着空位子。这三家所有的店子都用女侍者，只有两处角店里却用了些男侍者——男侍者工钱贵些。男女侍者都穿了黑制服，女的更戴上白帽子，分层招待客人。也只有在角店里才要给点小费（虽然门上标明“无小费”字样），别处这三家开的铺子里都不用给的。曾去过一处角店，烤鸡做得还入味；但是一只鸡腿就合中国一元五角，若吃鸡翅还要贵点儿。茶饭店有时备着骨牌，等等，供客人消遣，可是向侍者要了玩的极少；客人多的地方，老是有人等位子，干脆就用不着备了。此外还有一些生蚝店，专吃生蚝，不便宜；一位房东太太告诉我说“不卫生”，但是吃的人也不见少。吃生蚝却不宜在夏天，所以英国人说月名中没有“R”（五六七八月），生蚝就不当令了。伦敦中国饭店也有七八家，贵贱差得很大，看地方而定。菜虽也有些高低，可都是变相的广东味儿，远不如上海新雅好。在一家广东楼要过一碗鸡肉馄饨，合中国一元六角，也够贵了。

茶饭店里可以吃到一种甜烧饼（muffin）和窝儿饼（crumpet）。甜烧饼仿佛我们的火烧，但是没馅儿，软软的，略有甜味，好像掺了米粉做的。窝儿饼面上有好些小窝窝儿，像蜂房，比较地薄，也像掺了米粉。这两样大约都是法国来的；但甜烧饼来得早，至少二百年前就有了。厨师多住在祝来巷（Drury Lane），就是那著名的戏园子的地方；从前用盘子顶在头上卖，手里摇着铃子。那时节人家都爱吃，买了来，多多抹上黄油，在客厅或饭厅壁炉上烤得热辣辣的，让油都浸进去，一口咬下来，要不沾到两边口角上。这种偷闲的生活是很有意思的。但是后来的窝儿饼浸油更容易，更香，又不太厚，太软，有咬嚼些，样式也波俏；人们渐渐地喜欢它，就少买那甜烧饼了。一位女士看了这种光景，心下难过，便写信给《泰晤士报》，为甜烧饼抱不平。《泰晤士报》特地作了一篇小社论，劝人吃甜烧饼以存古风，但对于那位女士所说的窝儿饼的坏话，却宁愿存而不论，大约那论者也是爱吃窝儿饼的。

复活节（三月）时候，人家吃煎饼（pancake），茶饭店里也卖；这原是忏悔节（二月底）忏悔人晚饭后去教堂之前吃了好熬饿的，现在却在早晨吃了。饼薄而脆，微甜。北平中原公司卖的"胖开克"（煎饼的音译）却未免太"胖"，而且软了。——说到煎饼，想起一件事来：美国麻省勃克夏地方（Berkshire Country）有"吃煎饼竞争"的风俗，据《泰晤士报》说，一九三二的优胜者一气吃下四十二张饼，还有腊肠热咖啡。这可算"真正大肚皮"了。

英国人每日下午四时半左右要喝一回茶，就着烤面包黄油。请茶会时，自然还有别的，如火腿夹面包、生豌豆苗夹面包、茶馒头（tea scone）等等。他们很看重下午茶，几乎必不可少。又可乘此请客，比请晚饭简便省钱得多。英国人喜欢喝茶，对于喝咖啡，和法国人相反；他们也煮不好咖啡。喝的茶现在多半是印度茶；茶饭店里虽卖中国茶，但是主顾寥寥。不让利权外溢固然也有关系，可是不利于中国茶的宣传（如说制时不干净）和茶味太淡才是主要原因。印度茶色浓味苦，加上牛奶和糖正合适；中国红茶不够劲儿，可是香气好。奇怪的是茶饭店里卖的，色香味都淡得没影子。那样茶怎么会运出去，真莫名其妙。

街上偶然会碰着提着筐子卖落花生的（巴黎也有），推着四轮车卖炒栗子的，教人有故国之思。花生、栗子都装好一小口袋一小口袋的，栗子车上有炭炉子，一面炒，一面装，一面卖。这些小本经纪在伦敦街上也颇古色古香，点缀一气。栗子是干炒，与我们"糖炒"的差得太多了。——英国人吃饭时也有干果，如核桃、榛子、榧子，还有巴西乌菱（原名Brazils，巴西出产，中国通称"美国乌菱"），乌菱实大而肥，香脆爽口，运到中国的太干，便不大好。他们专有一种干果夹，像钳子，将干果夹进去，使劲一握夹子柄，"格"的一声，皮壳碎裂，有些蹦到远处，也好玩儿的。苏州有瓜子夹，像剪刀，却只透着玲珑小巧，用不上劲儿去。

宴之趣[1]

· 郑振铎

虽然是冬天，天气却并不怎么冷，雨点淅淅沥沥地滴个不已，灰色云是弥漫着；火炉的火是熄灭了，在这样的秋天似的天气中，生了火炉未免是过于燠暖了。家里一个人也没有，他们都出外“应酬”去了。独自在这样的房里坐着，读书的兴趣也引不起，偶然地把早晨的日报翻着，翻着，看看它的广告，忽然想起去看Merry Widow[2]吧。于是独自地上了电车，到派克路跳下了。

在黑漆的影戏院中，乐队悠扬地奏着乐，白幕上的黑影，

① 选自《郑振铎文集（第二卷）》，郑振铎著，北京：人民文学出版社，1985年2月。

② 美国电影，中译名《风流寡妇》。

坐着，立着，追着，哭着，笑着，愁着，怒着，恋着，失望着，决斗着，那还不是那一套，他们写了又写，演了又演的那一套故事。

但至少，我是把一句话记住在心上了：

“有多少次，我是饿着肚子从晚餐席上跑开了。”

这是一句隽妙无比的名句，借来形容我们宴会无虚日的交际社会，真是很确切的。

每一个商人、每一个官僚、每一个略略交际广了些的人，差不多他们的每一个黄昏，都是消磨在酒楼菜馆之中的。有的时候，一个黄昏要赶着去赴三四处的宴会。这些忙碌的交际者真是妓女一样，在这里坐一坐，就走开了，又赶到另一个地方去了，在那一个地方又只略坐一坐，又赶到再一个地方去了。他们的肚子定是不会饱的，我想。有几个这样的交际者，当酒阑灯灺，应酬完毕之后，定是回到家中，叫底下人烧了稀饭来堆补空肠的。

我们在广漠繁华的上海，简直是一个村气十足的“乡下人”；我们住的是乡下，到“上海”去一趟是不容易的，我们过的是乡间的生活，一月中难得有几个黄昏是在“应酬”场中度过的。有许多人也许要说我们是“孤介”，那是很清高的一个名词。但我们实在不是如此，我们不过是不惯征逐于酒肉之场，始终保持着不大见世面的“乡下人”的色彩而已。

偶然地有几次，承一二个朋友的好意，邀请我们去赴宴。在座的至多只有三四个熟人，那一半生客，还要主人介绍或自己去请教尊姓大名，或交换名片，把应有的初见面的应酬的话讷讷地说完了之后，便默默地相对无言了。说的话都不是有着落，都不是从心里发出的；泛泛地，是几个声音，由喉咙头溜到口外的而已。过后自己想起那样的敷衍的对话，未免要为之失笑。如此地，说是一个黄昏在繁灯絮语之宴席上度过了，然而那是如何没有生趣的一个黄昏呀！

有几次，席上的生客太多了，除了主人之外，没有一个是认识的；请教了姓名之后，也随即忘记了。除了和主人说几句话之外，简直地无从和他们谈起。不晓得他们是什么行业，不晓得他们是什么性质的人，有话在口头也不敢随意地高谈起来。那一席宴，真是如坐针毡；精美的羹菜，一碗碗地捧上来，也不知是什么味儿。终于忍不住了，只好向主人撒一个谎，说身体不大好过，或说是还有应酬，一定要去的。——如果在谣言很多的这几天当然是更好托词了，说我怕戒严提早，要被留在华界之外——虽然这是无礼貌的，不大应该的，虽然主人是照例地殷勤地留着，然而我却不顾一切地不得不走了。这个黄昏实在是太难挨得过去了！回到家里以后，买了一碗稀饭，即使只有一小盏萝卜干下稀饭，反而觉得舒畅，有意味。

如果有什么友人做喜事，或寿事，在某某花园，某某旅社的大厅里，大张旗鼓地宴客，不幸我们是被邀请了，更不幸我们是太熟的友人，不能不到，也不能道完了喜或拜完了寿，立刻就托词溜走的，于是这又是一个可怕的黄昏。常常地张大了两眼，在寻找熟人，好容易找到了，一定要紧紧地和他们挤在一处，不敢失散。到了坐席时，便至少有两三人在一块儿可以谈谈了，不至于一个人独自地局促在一群生面孔的人当中，惶恐而且空虚。当我们两三个人在津津地谈着自己的事时，偶然抬起眼来看着对面的一个坐客，他是凄然无侣地坐着；大家酒杯举了，他也举着；菜来了，一个人说“请，请！”同时把牙箸伸到盘边，他也说“请，请！”也同样地把牙箸伸出。除了吃菜之外，他没有目的。菜完了，他便局促地独坐着。我们见了他，总要代他难过，然而他终于能够终了席方才起身离座。

宴会之趣味如果仅是这样的，那么，我们将诅咒那第一个发明请客的人；喝酒的趣味如果仅是这样的，那么，我们也将打倒杜康与狄奥尼修士了。

然而又有的宴会却幸而并不是这样的，我们也还有别的可以引起喝酒的趣味的环境。

独酌，据说，那是很有意思的。我少时，常见祖父一个人执了一把锡的酒壶，把黄色的酒倒在白瓷小杯里，举了杯独酌着；喝了一小口，真正一小口，便放下了，又拿起筷子来夹菜。因此，他食得很慢，大家的饭碗和筷子都已放下了，且已离座了，而他却还在举着酒杯，不匆不忙地喝着。他的吃饭，尚在再一个半点钟之后呢。而他喝着酒，颜微酡着，常常叫道："孩子，来！"而我们便到了他的跟前。他夹了一块只有他独享着的菜蔬放在我们口中，问道："好吃吗？"我们往往以点点头答之。在孙男与孙女中，他特别喜欢我，叫我前去的时候尤多。常常地，他把有了短髭的嘴吻着我的面颊，微微有些刺痛，而他的酒气从他的口鼻中直喷出来，这是使我很难受的。

这样地，他消磨过了一个中午和一个黄昏。天天都是如此。我没有享受过这样的乐趣，然而回想起来，似乎他那时是非常的高兴，他是陶醉着，为快乐的雾所围着，似乎他的沉重的忧郁都从心上移开了，这里便是他的整个世界，而整个世界也便是他的。

别一个宴之趣，是我们近几年所常常领略到的，那就是集合了好几个无所不谈的朋友，全座没有一个生面孔，在随意地喝着酒，吃着菜，上天下地地谈着。有时说着很轻妙的话，说着很可发笑的话，有时是如火如剑的激动的话，有时是深切的论学谈艺的话，有时是随意地取笑着，有时是面红耳热地争辩着，有时是高妙的理想在我们的谈锋上触着，有时是恋爱的遇合与家庭的与个人的身世使我们谈个不休。每个人都把他的心胸赤裸裸地袒开了，每个人都把他的向来不肯给人看的面孔显露出来了；每个人都谈着，谈着，谈着，只有更兴奋地谈着，毫不觉得“疲倦”是怎么一个样子。酒是喝得干了，菜是已经没有了，而他们却还是谈着，谈着，谈着。那个地方，即使是很喧闹的，很湫狭的，向来所不愿意多坐的，而这时大家却都忘记了这些事，只是谈着，谈着，谈着，没有一个人愿意先说起告别的话。要不是为了戒严或家庭的命令，竟不会有人想走开的。虽然这些闲谈都是琐屑之至的，都是无意味的，而我们却已在其间得到宴之趣了；——其实在这些闲谈中，我们是时时可发现许多珠宝的；大家都互相地受着影响，大家都更进一步了解他的同伴，大家都可以从那里得到些教益与利益。

“再喝一杯，只要一杯，一杯。”

“不，不能喝了，实在的。”

不会喝酒的人每每这样地被强迫着而喝了过量的酒。面部红红的，映在灯光之下，是向来所未有的壮美的风采。

“圣陶，干一杯，干一杯！”我往往地举起杯来对着他说，我是很喜欢一口一杯地喝酒的。

“慢慢地，不要这样快，喝酒的趣味，在于一小口一小口地喝，不在于‘杯干’！”圣陶反抗似的说，然而终于他是一口干了。一杯又是一杯。

连不会喝酒的愈之、雁冰，有时，竟也被我们强迫地干了一杯。于是大家哄然地大笑，是发出于心之绝底的笑。

再有，佳年好节，合家团团地坐在一桌上，放了十几双的红漆筷子，连不在家中的人也都放着一双筷子，都排着一个座位。小孩子笑孜孜地闹着吵着，母亲和祖母温和地笑着，妻子忙碌着，指挥着厨房中厅堂中仆人们的做菜、端菜，那也是特有一种融融洽洽的乐趣，为孤独者所妒羡不止的，虽然并没有和同伴们同在时那样的宴之趣。

还有，一对恋人独自在酒店的密室中晚餐；还有，从戏院中偕了妻子出来，同登酒楼喝一二杯酒；还有，伴着祖母或母亲在熊熊的炉火旁边，放了几盏小菜，闲吃着消夜的酒，那都是使身临其境的人心醉神怡的。

宴之趣是如此的不同呀！

茶食店[①]

· 萧红

黄桷树镇上开了两家茶食店，一家先开的，另一家稍稍晚了两天。第一家的买卖不怎样好，因为那吃饭用的刀叉虽然还是闪光闪亮的外来品，但是别的玩意不怎样全，就是说比方装胡椒粉那种小瓷狗之类都没有，酱油瓶是到临用的时候，从这张桌又拿到那张桌地乱拿。墙上什么画也没有，只有一张好似从糖盒子上掀下来的花纸似的那么一张外国美人图，有一尺长不到半尺宽那么大，就用一个图钉钉在墙上的，其余这屋里的装饰还有一棵大芭蕉。

这芭蕉第一天是绿的，第二天是黄的，第三天就腐烂了。

吃饭的人，第一天彼此说“还不错”，第二天就说苍蝇太

① 选自《萧红散文》，萧红著，北京：人民文学出版社，2016年8月。

多了一点，又过了一两天，人们就对着那白盘子里炸着的两块茄子，翻来覆去地看，用刀尖割一下，用叉子叉一下。

“这是什么东西呢，两块茄子，两块洋山芋，这也算是一个菜吗？就这玩意也要四角五分钱？真是天晓得。”

这西餐馆只开了三五日，镇上的人都感到不大满意了。

第二家一开，那些镇上的从城里躲轰炸而来住在此的人和一些设在这镇上学校或别的办公厅的一些职员，当天的晚饭就在这里吃的。

盘子、碗、桌布、茶杯、糖罐、酱醋瓶，连装烟灰的瓷碟，都聚了三四个人在那里抢着看……这家与那家的确不同，是里外两间屋，厨房在什么地方，使人看不见，煎菜的油烟也闻不到，墙上挂着两张画像是老板自己画的，看起来老板颇懂艺术……并且刚一开业来，就开了留声机，这留声机已经好几个月没有听过了。从“五四”轰炸[1]起，人们来到这镇上，过的就是乡下人的生活。这回一听好像这留声机非常好，唱片也好像全新的，声音特别清楚。

一个汤上来了，“不错，真是味道……”。

第二个是猪排，这猪排和木片似的，有的人就你看看我，

① 指1939年5月3日、4日，日军飞机对重庆市区发动的大轰炸，造成2000多人死亡。

我看看你，想要对这猪排讲点坏话。可是那唱着的是一个外国歌，很愉快，那调子带了不少高低的转弯，好像从来也未听过似的那样好听，所以这一点味道也没有的猪排，大家也就吃下去了。

奶油和冰激凌似的，又甜又凉，涂在面包上，很有一种清凉的气味，好像涂的是果子露；那面包拿在手里不用动手去撕就往下掉着碎末，和用锯末做的似的。大概是和利华药皂放在一起运来的，但也还好吃，因为它终究是面包，终究不是别的什么馒头之类呀！

坐在这茶食店的里间里，那张长桌一端上的主人，从小白盘子里拿起账单看了一看。

共统[①]请了八位客人，才八块多钱。

“这不多。”他说，从口袋取出十元票子来。

别人把眼睛转过去，也说：

“这不多……不算贵。”

临出来时，推开门，还有一个顶愿意对什么东西都估价的，还回头看了看那摆在门口的痰盂。他说：“这家到底不错，就这一只痰盂吧，也要十几块。”（其实就是上海卖八角钱一个的。）

---

① 方言，意为一共、总共。

这一次晚餐，一个主人和他的七八个客人都没吃饱，但彼此都不发表，都说：

“明天见，明天见。”

他们大家各自走散开了，一边走着一边有人从喉管往上冲着利华皂的气味，但是他们想：“这不贵的，这到底不是西餐吗！”而且那屋子多么像个西餐的样子，墙上有两张外国画，还有瓷痰盂，还有玻璃杯，那先开的那家还成吗？还像样子吗？那买卖还成吗？

他的脑筋闹得很忙乱回家去了。

辑五 活在当下，享受生活

谁说水仙花清？它也像普通人一样，需要烟火气的。自从移入灶间之后，叶子渐渐抬起头来，花苞渐渐展开。今天花儿开得很好了！

雅舍[1]

· 梁实秋

到四川来，觉得此地人建造房屋最是经济。火烧过的砖，常常用来做柱子，孤零零地砌起四根砖柱，上面盖上一个木头架子，看上去瘦骨嶙峋，单薄得可怜；但是顶上铺了瓦，四面编了竹篦墙，墙上敷了泥灰，远远地看过去，没有人能说不像是座房子。我现在住的“雅舍”正是这样一座典型的房子。不消说，这房子有砖柱，有竹篦墙，一切特点都应有尽有。讲到住房，我的经验不算少，什么“上支下摘”“前廊后厦”“一楼一底”“三上三下”“亭子间”“茆草棚”“琼楼玉宇”和“摩天大厦”，各式各样，我都尝试过。我不论住在哪里，只

① 选自《梁实秋散文》，梁实秋著，北京：人民文学出版社，2013年11月。

要住得稍久，对那房子便发生感情，非不得已我还舍不得搬。这“雅舍”，我初来时仅求其能蔽风雨，并不敢存奢望，现在住了两个多月，我的好感油然而生。虽然我已渐渐感觉它并不能蔽风雨，因为有窗而无玻璃，风来则洞若凉亭，有瓦而空隙不少，雨来则渗如滴漏。纵然不能蔽风雨，“雅舍”还是自有它的个性。有个性就可爱。

“雅舍”的位置在半山腰，下距马路约有七八十层的土阶。前面是阡陌螺旋的稻田。再远望过去是几抹葱翠的远山，旁边有高粱地，有竹林，有水池，有粪坑，后面是荒僻的榛莽未除的土山坡。若说地点荒凉，则月明之夕，或风雨之日，亦常有客到，大抵好友不嫌路远，路远乃见情谊。客来则先爬几十级的土阶，进得屋来仍须上坡，因为屋内地板乃依山势而铺，一面高，一面低，坡度甚大，客来无不惊叹。我则久而安之，每日由书房走到饭厅是上坡，饭后鼓腹而出是下坡，亦不觉有大不便处。

“雅舍”共是六间，我居其二。篦墙不固，门窗不严，故我与邻人彼此均可互通声息。邻人轰饮作乐，咿唔诗章，喁喁细语，以及鼾声，喷嚏声，吮汤声，撕纸声，脱皮鞋声，均随时由门窗户壁的隙处荡漾而来，破我岑寂。入夜则鼠子瞰灯，才一合眼，鼠子便自由行动，或搬核桃在地板上顺坡而下，或吸灯油而推翻烛台，或攀缘而上帐顶，或在门框桌脚上磨牙，使得人不得安枕。但是对于鼠子，我很惭愧地承认，我“没有法子”。“没有法子”一语是被外国人常常引用着的，以为这话最足代表中国人的懒惰隐忍的态度。其实我的对付鼠子并不懒惰。窗上糊纸，纸一戳就破；门户关紧，而相鼠有牙，一阵咬便是一个洞洞。试问还有什么法子？洋鬼子住到“雅舍”里，不也是没有法子？比鼠子更骚扰的是蚊子；“雅舍”的蚊风之盛，是我前所未见的。“聚蚊成雷”真有其事！每当黄昏时候，满屋里磕头碰脑的全是蚊子，又黑又大，骨骼都像是硬的。在别处蚊子早已肃清的时候，在“雅舍”则格外猖獗，来客偶不留心，则两腿伤处累累隆起如玉蜀黍，但是我仍安之。冬天一到，蚊子自然绝迹，明年夏天——谁知道我还是否住在“雅舍”！

“雅舍”最宜月夜——地势较高，得月较先。看山头吐月，红盘乍涌，一霎间，清光四射，天空皎洁，四野无声，微闻犬吠，坐客无不悄然！舍前有两株梨树，等到月升中天，清光从树间筛洒而下，地上阴影斑斓，此时尤为幽绝。直到兴阑人散，归房就寝，月光仍然逼进窗来，助我凄凉。细雨蒙蒙之际，“雅舍”亦复有趣。推窗展望，俨然米氏章法，若云若雾，一片弥漫。但若大雨滂沱，我就又惶悚不安了，屋顶湿印到处都有，起初如碗大，俄而扩大如盆，继则滴水乃不绝，终乃屋顶灰泥突然崩裂，如奇葩初绽，砉然一声而泥水下注，此刻满室狼藉，抢救无及。此种经验，已数见不鲜。

“雅舍”之陈设，只当得“简朴”二字，但洒扫拂拭，不使有纤尘。我非显要，故名公巨卿之照片不得入我室；我非牙医，故无博士文凭张挂壁间；我不业理发，故丝织西湖十景以及电影明星之照片亦均不能张我四壁。我有一几一椅一榻，酣睡写读，均已有着，我亦不复他求。但是陈设虽简，我却喜欢翻新布置。西人常常讥笑妇人喜欢变更桌椅位置，以为这是妇人天性喜变之一征。诬否且不论，我是喜欢改变的。中国旧式家庭，陈设千篇一律，正厅上是一条案，前面一张八仙桌，一边一把靠椅，两旁是两把靠椅夹一只茶几。我以为陈设宜求疏落参差之致，最忌排偶。“雅舍”所有，毫无新奇，但一物一事之安排布置俱不从俗。人入我室，即知此是我室。笠翁《闲情偶寄》之所论，正合我意。

“雅舍”非我所有，我仅是房客之一。但思“天地者万物之逆旅”，人生本来如寄，我住“雅舍”一日，“雅舍”即一日为我所有。即使此一日亦不能算是我有，至少此一日“雅舍”所能给予之苦辣酸甜，我实躬受亲尝。刘克庄词：“客里似家家似寄。”我此时此刻卜居“雅舍”，“雅舍”即似我家。其实似家似寄，我亦分辨不清。

长日无俚，写作自遣，随想随写，不拘篇章，冠以“雅舍小品”四字，以示写作所在，且志因缘。

住所的话[①]

· 郁达夫

自以为青山到处可埋骨的漂泊惯的流人，一到了中年，也颇以没有一个归宿为可虑；近来常常有求田问舍之心，在看书倦了之后，或夜半醒来，第二次再睡不着的枕上。

尤其是春雨萧条的暮春，或风吹枯木的秋晚，看看天空，每会作赏雨茅屋及江南黄叶村舍的梦想；游子思乡，飞鸿倦旅，把人一年年弄得意气消沉的这时间的威力，实在是可怕，实在是可恨。

从前很喜欢旅行，并且特别喜欢向没有火车飞机轮船等近代交通利器的偏僻地方去旅行。一步一步地缓步着，向四面

---

① 选自《故都的秋》，郁达夫著，杭州：浙江文艺出版社，2017年2月。

绝对不曾见过的山川风物回视着，一刻有一刻的变化，一步有一步的境界。到了地旷人稀的地方，你更可以高歌低唱，袒裼裸裎，把社会上的虚伪的礼节、谨严的态度，一齐洗去。人与自然，合而为一，大地高天，形成屋宇。蠛蠓蚁虱，不觉其微，五岳昆仑，也不见其大。偶或遇见些茅篷泥壁的人家，遇见些性情纯朴的农牧，听他们谈些极不相干的私事，更可以和他们一道地悲，一道地喜。半岁的鸡娘，新生一蛋，其乐也融融，与国王年老，诞生独子时的欢喜，并无什么分别。黄牛吃草，嚼断了麦穗数茎，今年的收获，怕要减去一勺，其悲也戚戚，与国破家亡的流离惨苦，相差也不十分远。

至于有山有水的地方呢，看看云容岩影的变化，听听大浪啮矶的音乐，应临流垂钓，或松下息阴。行旅者的乐趣，更加可以多得如放翁的入蜀道，刘阮的上天台。

这一种好游旅，喜漂泊的情性，近年来渐渐地减了；连有必要的事情，非得上北平上海去一次不可的时候，都一天天地拖延下去，只想不改常态，在家吃点精致的菜，喝点芳醇的酒，睡睡午觉，看看闲书，不愿意将行动和平时有所移易；总之是懒得动。

而每次喝酒，每次独坐的时候，只在想着计划着的，却是一间洁净的小小的住宅，和这住宅周围的点缀与铺陈。

若要住家，第一的先决问题，自然是乡村与城市的选择。以清静来说，当然是乡村生活比较地和我更为适合。可是把文明利器——如电灯自来水等——的供给，家人买菜购物的便利，以及小孩的教育问题等合计起来，却又觉得住城市是必要的了。具城市之外形，而又富有乡村的景象之田园都市，在中国原也很多。北方如北平，就是一个理想的都城；南方则未建都前之南京，濒海的福州等处，也是住家的好地。可是乡土的观念，附着在一个人的脑里，同毛发的生于皮肤一样，从长着原没有什么不对，全脱了却也势有点儿不可能。所以三年之前，也是在一个春雨霏微的节季，终于听了霞的劝告，搬上杭州来住下了。

杭州这一个地方，有山有湖，还有文明的利器，儿童的学校，去上海也只有四个钟头的火车路程，住家原没有什么不合适。可是杭州一般的建筑物，实在太差，简直可以说没有一间合乎理想的住宅，旧式的房子呢，往往没有院子，顶多顶多也不过有一堆不大有意义的假山，和一条其实是只能产生蚊子的鱼池。所谓新式的房子呢，更加恶劣了，完全是上海弄堂洋房的抄袭，冬天住住，还可以勉强，一到夏天，就热得比蒸笼还要难受。而大抵的杭州住宅，都没有浴室的设备，公共浴场呢，又觉得不卫生而价贵。

所以自从迁到杭州来住后，对于住所的问题，更觉得切身地感到了。地皮不必太大，只教有半亩之宫，一亩之隙，就可以满足。房子亦不必太讲究，只须有一处可以登高望远的高楼，三间平屋就对。但是图书室，浴室，猫狗小舍，儿童游嬉之处，灶房，却不得不备。房子的四周，一定要有阔一点的回廊；房子的内部，更需要亮一点的光线。此外是四周的树木和院子里的草地了，草地中间的走路，总要用白沙来铺才好。四面若有邻舍的高墙，当然要种些爬山虎以掩去墙头，若系旷地，只须植一道矮矮的木栅，用黑色一涂就可以将就。门窗当一例以厚玻璃来做，屋瓦应先钉上铅皮，然后再覆以茅草。

照这样的一个计划来建筑房子，大约总要有二千元钱来买地皮，四千元钱来充建筑费，才有点儿希望。去年年底，在微醉之后，将这私愿对一位朋友说了一遍，今年他果然送给了我一块地，所以起楼台的基础，倒是有了。现在只在想筹出四千元钱的现款来建造那一所理想的住宅。胡思乱想的结果，在前两三个月里，竟发了疯，将烟钱酒钱省下了一半，去买了许多奖券；可是一回一回地买了几次，连末尾也不曾得过，而吃了坏烟坏酒的结果，身体却显然受了损害了。闲来无事，把这一番经过，对朋友一说，大家笑了一场之后，就都为我设计，说从前的人，曾经用过的最上妙法，是发自己的讣闻，其次是做寿，再其次是兜会。

可是为了一己的舒服，而累及亲戚朋友，也着实有点说不过去，近来心机一转，去买了些《芥子园》《三希堂》等画谱来，在开始学画了；原因是想靠了卖画，来造一所房子，万一画画，仍旧是不能吃饭，那么至少至少，我也可以画许多房子，挂在四壁，给我自己的想象以一顿醉饱，如饥者的画饼，旱天的画云霓。这一个计划，若不至于失败，我想在半年之后，总可以得到一点慰安[①]。

① 即安慰。作者个人的习惯用语。

猫（节选）[1]

· 老舍

猫的性格实在有些古怪。说它老实吧，它的确有时候很乖。它会找个暖和地方，成天睡大觉，无忧无虑，什么事也不过问。可是，赶到它决定要出去玩玩，就会走出一天一夜，任凭谁怎么呼唤，它也不肯回来。说它贪玩吧，的确是呀，要不怎么会一天一夜不回家呢？可是，及至它听到点老鼠的响动啊，它又多么尽职，闭息凝视，一连就是几个钟头，非把老鼠等出来不拉倒！

它要是高兴，能比谁都温柔可亲：用身子蹭你的腿，把脖儿伸出来要求给抓痒，或是在你写稿子的时候，跳上桌来，在纸上踩印几朵小梅花。它还会丰富多腔地叫唤，长短不同，粗

---

① 选自《老舍散文》，老舍著，北京：人民文学出版社，2014年1月。

细各异，变化多端，力避单调。在不叫的时候，它还会咕噜咕噜地给自己解闷。这可都凭它的高兴。它若是不高兴啊，无论谁说多少好话，它一声也不出，连半个小梅花也不肯印在稿纸上！它倔强得很！

是，猫的确是倔强。看吧，大马戏团里什么狮子、老虎、大象、狗熊，甚至于笨驴，都能表演一些玩意儿，可是谁见过耍猫呢？（昨天才听说：苏联的某马戏团里确有耍猫的，我当然还没亲眼见过。）

这种小动物确是古怪。不管你多么善待它，它也不肯跟着你上街去逛逛。它什么都怕，总想藏起来。可是它又那么勇猛，不要说见着小虫和老鼠，就是遇上蛇也敢斗一斗。它的嘴往往被蜂儿或蝎子螫得肿起来。

赶到猫儿们一讲起恋爱来，那就闹得一条街的人们都不能安睡。它们的叫声是那么尖锐刺耳，使人觉得世界上若是没有猫啊，一定会更平静一些。

可是，及至女猫生下两三个棉花团似的小猫啊，你又不恨它了。它是那么尽责地看护儿女，连上房兜兜风也不肯去了。

郎猫可不那么负责，它丝毫不关心儿女。它或睡大觉，或上屋去乱叫，有机会就和邻居们打一架，身上的毛儿滚成了毡，满脸横七竖八都是伤痕，看起来实在不大体面。好在它没有照镜子的习惯，依然昂首阔步，大喊大叫，它匆忙地吃两口东西，就又去挑战开打。有时候，它两天两夜不回家，可是当你以为它可能已经远走高飞了，它却瘸着腿大败而归，直入厨房要东西吃。

过了满月的小猫们真是可爱，腿脚还不甚稳，可是已经学会淘气。妈妈的尾巴，一根鸡毛，都是它们的好玩具，耍上没结没完。一玩起来，它们不知要摔多少跟头，但是跌倒即马上起来，再跑再跌。它们的头撞在门上、桌腿上和彼此的头上，撞疼了也不哭。

它们的胆子越来越大，逐渐开辟新的游戏场所。它们到院子里来了。院中的花草可遭了殃。它们在花盆里摔跤，抱着花枝打秋千，所过之处，枝折花落。你不肯责打它们，它们是那么生气勃勃，天真可爱呀！可是，你也爱花。这个矛盾就不易处理。

生机[①]

· 丰子恺

去年除夜买的一球水仙花，养了两个多月，直到今天方才开花。

今春天气酷寒，别的花木萌芽都迟，我的水仙尤迟。因为它到我家来，遭了好几次灾难，生机被阻抑了。

第一次遭的旱灾，其情形是这样：它于去年除夕到我家，当时因为我的别寓里没有水仙花盆，我特为跑到瓷器店去买一只纯白的瓷盘来供养它。这瓷盘很大，很重，原来不是水仙花盆。据瓷器店里的老头子说，它是光绪年间的东西，是官场中请客时用以盛某种特别肴馔的家伙。只因后来没有人用得着

① 选自《丰子恺散文》，丰子恺著，北京：人民文学出版社，2013年11月。

它，至今没有卖脱。我觉得普通所谓水仙花盆，长方形的，扇形的，在过去的中国画里都已看厌了，而且形式都不及这家伙好看。就假定这家伙是为我特制的水仙花盆，买了它来，给我的水仙花配合，形状色彩都很调和。看它们在寒窗下绿白相映，素艳可喜，谁相信这是官场中盛酒肉的东西？可是它们结合不到一个月，就要别离。为的是我要到石门湾去过阴历年，预期在缘缘堂住一个多月，希望把这水仙花带回去，看它开花才好。如何带法？颇费踌躇：叫工人阿毛拿了这盆水仙花乘火车，恐怕有人说阿毛提倡风雅；把他装进皮箱里，又不可能。于是阿毛提议："盘儿不要它，水仙花拔起来装在饼干箱里，携了上车，到家不过三四个钟头，不会旱杀的。"我通过了。水仙就与盘暂别，坐在饼干箱里旅行。回到家里，大家纷忙得很，我也忘记了水仙花。三天之后，阿毛突然说起，我猛然觉悟，找寻它的下落，原来被人当作饼干，搁在石灰甏上。连忙取出一看，绿叶憔悴，根须焦黄。阿毛说"勿碍[1]"，立刻把它供养在家里旧有的水仙花盆中，又放些白糖在水里。幸而果然勿碍，过了几天它又欣欣向荣了。是为第一次遭的旱灾。

第二次遭的是水灾，其情形是这样：家里的水仙花盆中，

① 意为不要紧。

原有许多色泽很美丽的雨花台石子。有一天早晨，被孩子们发现了，水仙花就遭殃：他们说石子里统是灰尘，埋怨阿毛不先将石子洗净，就代替他做这番工作。他们把水仙花拔起，暂时养在脸盆里，把石子倒在另一脸盆里，掇到墙角的太阳光中，给它们一一洗刷。雨花台石子浸着水，映着太阳光，光泽，色彩，花纹，都很美丽。有几颗可以使人想象起“通灵宝玉”来。看的人越聚越多，孩子们尤多，女孩子最热心。她们把石子照形状分类，照色彩分类，照花纹分类；然后品评其好坏，给每块石子打起分数来；最后又利用其形色，用许多石子拼起图案来。图案拼好，她们自去吃年糕了；年糕吃好，她们又去踢毽子了；毽子踢好，她们又去散步了。直到晚上，阿毛在墙角发现了石子的图案，叫道：“咦，水仙花哪里去了？”东寻西找，发现它横卧在花台边上的脸盆中，浑身浸在水里。自晨至晚，浸了十来小时，绿叶已浸得发肿，发黑了！阿毛说“勿碍”，再叫小石子给它扶持，坐在水仙花盆中。是为第二次遭的水灾。

第三次遭的是冻灾，其情形是这样的：水仙花在缘缘堂里住了一个多月。其间春寒太甚，患难迭起。其生机被这些天灾人祸所阻抑，始终不能开花。直到我要离开缘缘堂的前一天，它还是含苞未放。我此去预定暮春回来，不见它开花又不甘心，以问阿毛。阿毛说：“用绳子穿好，提了去！这回不致忘记了。”我赞成。于是水仙花倒悬在阿毛的手里旅行了。它到了我的寓中，仍旧坐在原配的盆里。雨水过了，不开花。惊蛰过了，又不开花。阿毛说：“不晒太阳的缘故。”就掇到阳台上，请它晒太阳。今年春寒殊甚，阳台上虽有太阳光，同时也有料峭的东风，使人立脚不住。所以人都闭居在室内，从不走到阳台上去看水仙花。房间内少了一盆水仙花也没有人查问。直到次日清晨，阿毛叫了：“啊哟！昨晚水仙花没有拿进来，冻杀了！”一看，盆内的水连底冻，敲也敲不开；水仙花里面的水分也冻，其鳞茎冻得像一块白石头，其叶子冻得像许多翡翠条。赶快拿进来。放在火炉边。久之久之，盆里的水融了，花里的水也融了，但是叶子很软，一条一条弯下来，叶尖儿垂在水面。阿毛说“乌者①”，我觉得的确有些儿“乌”，但是看它的花蕊还是笔挺地立着，想来生机没有完全丧尽，还有希望。以问阿毛，阿毛摇头，随后说：“索性拿到灶间里去，暖些，我也可以常常顾到。”我赞成。垂死的水仙花就被从房中移到灶间。是为第三次遭的冻灾。

谁说水仙花清？它也像普通人一样，需要烟火气的。自从移入灶间之后，叶子渐渐抬起头来，花苞渐渐展开。今天花

---

① 意为糟了。

儿开得很好了！阿毛送它回来，我见了心中大快。此大快非仅为水仙花。人间的事，只要生机不灭，即使重遭天灾人祸，暂被阻抑，终有抬头的日子。个人的事如此，家庭的事如此，国家、民族的事也如此。

春雨[①]

· 梁遇春

整天的春雨，接着是整天的春阴，这真是世上最愉快的事情了。我向来厌恶晴朗的日子，尤其是骄阳的春天；在这个悲惨的地球上忽然来了这么一个欣欢的气象，简直像无聊赖的主人宴饮生客时拿出来的那副古怪笑脸，完全显出宇宙里的白痴成分。在所谓大好的春光之下，人们都到公园大街或者名胜地方去招摇过市，像猩猩那样嘻嘻笑着，真是得意忘形，弄到变成为四不像了。可是阴霾四布或者急雨滂沱的时候，就是最沾沾自喜的财主也会感到苦闷，因此也略带了一些人的气味，不像好天气时候那样望着阳光，盛气凌人地大踏步走着，颇有

① 选自《梁遇春散文》，梁遇春著，北京：人民文学出版社，2010年1月。

上帝在上，我得其所的意思。至于懂得人世哀怨的人们，黯淡的日子可说是他们唯一光荣的时光。穹苍替他们流泪，乌云替他们皱眉，他们觉到四围都是同情的空气，仿佛一个堕落的女子躺在母亲怀中，看见慈母一滴滴的热泪溅到自己的泪痕，真是润遍了枯萎的心田。斗室中默坐着，忆念十载相违的密友，已经走去的情人，想起生平种种的坎坷，一身经历的苦楚，倾听窗外檐前凄清的滴沥，仰观波涛浪涌，似无止期的雨云，这时一切的荆棘都化作洁净的白莲花了，好比中古时代那班圣者被残杀后所显的神迹。“最难风雨故人来”，阴森森的天气使我们更感到人世温情的可爱，替从苦雨凄风中来的朋友倒上一杯热茶时候，我们很有放下屠刀，立地成佛子的心境。“风雨如晦，鸡鸣不已。”人类真是只有从悲哀里滚出来才能得到解脱，千锤百炼，腰间才有这一把明晃晃的钢刀，“今日把似君，谁为不平事”“山雨欲来风满楼”，这很可以象征我们孑立人间，尝尽辛酸，远望来日大难的气概，真好像思乡的客子拍着栏干，看到郭外的牛羊，想起故里的田园，怀念着宿草新坟里当年的竹马之交，泪眼里仿佛模糊辨出龙钟的父老蹒跚走着，或者只瞧见几根靠在破壁上的拐杖的影子。所谓生活术恐怕就在于怎么样当这么一个临风的征人吧。无论是风雨横来，无论是澄江一练，始终好像惦记着一个花一般的家乡，那可说就是生平理想的结晶，蕴在心头的诗情，也就是明哲保身的最后壁垒了；可是同时还能够认清眼底的江山，把住自己的步骤，不管这个异地的人们是多么残酷，不管这个他乡的水土是多么不惯，却能够清瘦地站着，戛戛然好似狂风中的老树。能够忍受，却没有麻木，能够多情，却不流于感伤，仿佛楼前的春雨，悄悄下着，遮着耀目的阳光，却滋润了百草同千花。檐前的燕子躲在巢中，对着如丝如梦的细雨呢喃，真有点像也向我道出此中的消息。

可是春雨有时也凶猛得可以，风驰电掣，从高山倾泻下来也似的，万紫千红，都付诸流水，看起来好像是煞风景的，也许是别有怀抱吧。生平性急，一二知交常常焦急万分地苦口劝我，可是暗室扪心，自信绝不是追逐事功的人，不过对于纷纷扰扰的劳生却常感到厌倦，所谓性急无非是疲累的反响吧。有时我却极有耐心，好像废殿上的玻璃瓦，一任他风吹雨打，霜蚀日晒，总是那样子痴痴地望着空旷的青天。我又好像能够在没字碑面前坐下，慢慢地去冥想这块石板的深意，简直是个蒲团已碎，呆然趺坐着的老僧，想赶快将世事了结，可以抽身到紫竹林中去逍遥，跟把世事撇在一边，大隐隐于市，就站在热闹场中来仰观天上的白云，这两种心境原来是不相矛盾的。我虽然还没有，而且绝不会跳出人海的波澜，但是拳拳之意自己也略知一二，大概摆动于焦躁与倦怠之间，总以无可奈何天为中心吧。所以我虽然爱蒙蒙茸茸的细雨，我也爱大刀阔斧的急雨，纷至沓来，洗去阳光，同时也洗去云雾，使我们想起也许此后永无风恬日美的光阴了，也许老是一阵一阵的暴雨，将人世哀乐的踪迹都漂到大海里去，白浪一翻，什么渣滓也看不出了。焦躁同倦怠的心境在此都得到涅槃的妙悟，整个世界就像客走后，撤下筵席，洗得顶干净，排在厨房架子上的杯盘。当个主妇的创造主看着大概也会微笑吧，觉得一天的工作总算告终了。最少我常常臆想这个还了本来面目的大地。

可是最妙的境界恐怕是尺牍里面那句滥调，所谓“春雨缠绵”吧。一连下了十几天的梅雨，好像再也不会晴了，可是时时刻刻都有晴朗的可能。有时天上现出一大片的澄蓝，雨脚也慢慢收束了，忽然间又重新点滴凄清起来，那种捉摸不到，万分别扭的神情真可以做这个哑谜一般的人生的象征。记得十几年前每当连朝春雨的时候，常常剪纸作和尚形状，把他倒贴在水缸旁边，意思是叫老天不要再下雨了，虽然看到院子里雨脚下一粒一粒新生的水泡我总觉到无限的欣欢，尤其当急急走过檐前，脖子上溅几滴雨水的时候。可是那时我对于春雨的情趣是不知不觉之间领略到的，并没有凝神去寻找，等到知道怎么样去欣赏恬适的雨声时候，我却老在干燥的此地做客，单是夏天回去，看看无聊的骤雨，过一过雨瘾罢了。因此“小楼一夜听春雨”的快乐当面错过，从我指尖上滑走了。盛年时候好梦无多，到现在彩云已散，一片白茫茫，生活不着边际，如堕五里雾中，对于春雨的怅惘只好算作内中的一小节吧，可是仿佛这一点很可以代表我整个的悲哀情绪。但是我始终喜欢冥想春雨，也许因为我对于自己的愁绪很有顾惜爱抚的意思；我常常把陶诗改过来，向自己说道：“衣沾不足惜，但愿恨无违。”我会爱凝恨也似的缠绵春雨，大概也因为自己有这种的心境吧。

看花[①]

· 朱自清

生长在大江北岸一个城市里，那儿的园林本是著名的，但近来却很少；似乎自幼就不曾听见过“我们今天看花去”一类话，可见花事是不盛的。有些爱花的人，大都只是将花栽在盆里，一盆盆搁在架上；架子横放在院子里。院子照例是小小的，只够放下一个架子；架上至多搁二十多盆花罢了。有时院子里依墙筑起一座“花台”，台上种一株开花的树；也有在院子里地上种的。但这只是普通的点缀，不算是爱花。

家里人似乎都不甚爱花；父亲只在领我们上街时，偶然

---

① 选自《朱自清散文》，朱自清著，北京：人民文学出版社，2014年1月。

和我们到“花房”里去过一两回。但我们住过一所房子，有一座小花园，是房东家的。那里有树，有花架（大约是紫藤花架之类），但我当时还小，不知道那些花木的名字；只记得爬在墙上的是蔷薇而已。园中还有一座太湖石堆成的洞门；现在想来，似乎也还好的。在那时由一个顽皮的少年仆人领了我去，却只知道跑来跑去捉蝴蝶，有时掐下几朵花，也只是随意摇弄着，随意丢弃了。至于领略花的趣味，那是以后的事。夏天的早晨，我们那地方有乡下的姑娘在各处街巷，沿门叫着：“卖栀子花来。”栀子花不是什么高品，但我喜欢那白而晕黄的颜色和那肥肥的个儿，正和那些卖花的姑娘有着相似的韵味。栀子花的香，浓而不烈，清而不淡，也是我乐意的。我这样便爱起花来了。也许有人会问：“你爱的不是花吧？”这个我自己其实也已不大弄得清楚，只好存而不论了。

在高小的一个春天，有人提议到城外F寺里吃桃子去，而且预备白吃；不让吃就闹一场，甚至打一架也不在乎。那时虽远在五四运动以前，但我们那里的中学生却常有打进戏园看白戏的事。中学生能白看戏，小学生为什么不能白吃桃子呢？我们都这样想，便由那提议人纠合了十几个同学，浩浩荡荡地向城外而去。到了F寺，气势不凡地呵斥着道人们（我们称寺里的工人为道人），立刻领我们向桃园里去。道人们踌躇着说：“现在桃树刚才开花呢。”但是谁信道人们的话？我们终于到了桃园里。大家都丧了气，原来花是真开着呢！这时提议人P君便去折花。道人们是一直步步跟着的，立刻上前劝阻，而且用起手来。但P君是我们中最不好惹的，“说时迟，那时快”，一眨眼，花在他的手里，道人已跟跄在一旁了。那一园子的桃花，想来总该有些可看；我们却谁也没有想着去看，只嚷着：“没有桃子，得沏茶喝！”道人们满肚子委屈地引我们到“方丈”里，大家各喝一大杯茶，这才平了气，谈谈笑笑地进城去。大概我那时还只懂得爱一朵朵的栀子花，对于开在树上的桃花，是并不了然的；所以眼前的机会，便从眼前错过了。

以后渐渐念了些看花的诗，觉得看花颇有些意思。但到北平读了几年书，却只到过崇效寺一次；而去得又嫌早些，那有名的一株绿牡丹还未开呢。北平看花的事很盛，看花的地方也很多；但那时热闹的似乎也只有一班诗人名士，其余还是不相干的。那正是新文学运动的起头，我们这些少年，对于旧诗和那一班诗人名士，实在有些不敬；而看花的地方又都远不可言，我是一个懒人，便干脆地断了那条心了。后来到杭州做事，遇见了Y君，他是新诗人兼旧诗人，看花的兴致很好。我和他常到孤山去看梅花。孤山的梅花是古今有名的，但太少；又没有临水的，人也太多。有一回坐在放鹤亭上喝茶，来了一个方面有须，穿着花缎马褂的人，用湖南口音和人打招呼道：

“梅花盛开嗒！”“盛”字说得特别重，使我吃了一惊；但我吃惊的也只是说在他嘴里“盛”这个声音罢了，花的盛不盛，在我倒并没有什么的。

有一回，Y来说，灵峰寺有三百株梅花；寺在山里，去的人也少。我和Y，还有N君，从西湖边雇船到岳坟，从岳坟入山。曲曲折折走了好一会儿，又上了许多石级，才到山上寺里。寺甚小，梅花便在大殿西边园中。园也不大，东墙下有三间净室，最宜喝茶看花；北边有座小山，山上有亭，大约叫“望海亭”吧，望海是未必，但钱塘江与西湖是看得见的。梅树确是不少，密密地低低地整列着。那时已是黄昏，寺里只我们三个游人；梅花并没有开，但那珍珠似的繁星似的骨朵儿，已经够可爱了；我们都觉得比孤山上盛开时有味。大殿上正做晚课，送来梵呗的声音，和着梅林中的暗香，真叫我们舍不得回去。在园里徘徊了一会儿，又在屋里坐了一会儿，天是黑定了，又没有月色，我们向庙里要了一个旧灯笼，照着下山。路上几乎迷了道，又两次三番地被狗咬；我们的Y诗人确有些窘了，但终于到了岳坟。船夫远远迎上来道：“你们来了，我想你们不会冤我呢！”在船上，我们还不离口地说着灵峰的梅花，直到湖边电灯光照到我们的眼。

Y回北平去了，我也到了白马湖。那边是乡下，只有沿湖与杨柳相间着种了一行小桃树，春天花发时，在风里娇媚地笑着。还有山里的杜鹃花也不少。这些日日在我们眼前，从没有人像煞有介事地提议：“我们看花去。”但有一位S君，却特别爱养花；他家里几乎是终年不离花的。我们上他家去，总看他在那里不是拿着剪刀修理枝叶，便是提着壶浇水。我们常乐意看着。他院子里一株紫薇花很好，我们在花旁喝酒，不知多少次。白马湖住了不过一年，我却传染了他那爱花的嗜好。但重到北平时，住在花事很盛的清华园里，接连过了三个春，却从未想到去看一回。只在第二年秋天，曾经和孙三先生在园里看过几次菊花。“清华园之菊”是著名的，孙三先生还特地写了一篇文，画了好些画。但那种一盆一干一花的养法，花是好了，总觉没有天然的风趣。直到去年春天，有了些余闲，在花开前，先向人问了些花的名字。一个好朋友是从知道姓名起的，我想看花也正是如此。恰好Y君也常来园中，我们一天三四趟地到那些花下去徘徊。今年Y君忙些，我便一个人去。我爱繁花老干的杏，临风婀娜的小红桃，贴梗累累如珠的紫荆；但最恋恋的是西府海棠。海棠的花繁得好，也淡得好；艳极了，却没有一丝荡意。疏疏的高干子，英气隐隐逼人。可惜没有趁着月色看过。王鹏运有两句词道：“只愁淡月朦胧影，难验微波上下潮。”我想月下的海棠花，大约便是这种光景吧。为了海棠，前两天在城里特地冒了大风到中山公园去，看花的人倒也不少；但不知怎的，却忘了畿辅先哲祠。Y告我那里的一株，遮住了大半个院子；别处的都向上长，这一株却是横里伸张的。花的繁没有法说；海棠本无香，昔人常以为恨，这里花太繁了，却酝酿出一种淡淡的香气，使人久闻不倦。Y告我，正是刮了一日还不息的狂风的晚上；他是前一天去的。他说他去时地上已有落花了，这一日一夜的风，准完了。他说北平看花，是要赶着看的：春光太短了，又晴的日子多；今年算是有阴的日子了，但狂风还是逃不了的。我说北平看花，比别处有意思，也正在此。这时候，我似乎不甚菲薄那一班诗人名士了。

囚绿记①

· 陆蠡

这是去年夏间的事情。

我住在北平的一家公寓里。我占据着高广不过一丈的小房间，砖铺的潮湿的地面，纸糊的墙壁和天花板，两扇木格子嵌玻璃的窗，窗上有很灵巧的纸卷帘，这在南方是少见的。

窗是朝东的。北方的夏季天亮得快，早晨五点钟左右太阳便照进我的小屋，把可畏的光线射个满室，直到十一点半才退出，令人感到炎热。这公寓里还有几间空房子，我原有选择的自由的，但我终于选定了这朝东房间，我怀着喜悦而满足的心情占有它，那是有一个小小理由。

---

① 选自《陆蠡散文选集》，陆蠡著，袁振声编，天津：百花文艺出版社，2009年6月。

这房间靠南的墙壁上，有一个小圆窗，直径一尺左右。窗是圆的，却嵌着一块六角形的玻璃，并且左下角是打碎了，留下一个大孔隙，手可以随意伸进伸出。圆窗外面长着常春藤。当太阳照过它繁密的枝叶，透到我房里来的时候，便有一片绿影，我便是欢喜这片绿影才选定这房间的。当公寓里的伙计替我提了随身小提箱，领我到这房间来的时候，我瞥见这绿影，感觉到一种喜悦，便毫不犹疑地决定下来，这样了截爽直使公寓里伙计都惊奇了。

绿色是多宝贵的啊！它是生命，它是希望，它是慰安，它是快乐。我怀念着绿色把我的心等焦了。我欢喜看水白，我欢喜看草绿。我疲累于灰暗的都市的天空，和黄漠的平原，我怀念着绿色，如同涸辙的鱼盼等着雨水！我急不暇择的心情即使一枝之绿也视同至宝。当我在这小房中安顿下来，我移徙小台子到圆窗下，让我的面朝墙壁和小窗。门虽是常开着，可没人来打扰我，因为在这古城中我是孤独而陌生。但我并不感到孤独。我忘记了困倦的旅程和已往的许多不快的记忆。我望着这小圆洞，绿叶和我对语。我了解自然无声的语言，正如它了解我的语言一样。

我快活地坐在我的窗前。度过了一个月，两个月，我留恋于这片绿色。我开始了解渡越沙漠者望见绿洲的欢喜，我开始了解航海的冒险家望见海面飘来花草的茎叶的欢喜。人是在白然中生长的，绿是自然的颜色。

我天天望着窗口常春藤的生长。看它怎样伸开柔软的卷须，攀住一根缘引它的绳索，或一茎枯枝；看它怎样舒开折叠着的嫩叶，渐渐变青，渐渐变老。我细细观赏它纤细的脉络，嫩芽，我以揠苗助长的心情，巴不得它长得快，长得茂绿。下雨的时候，我爱它淅沥的声音，婆娑的摆舞。

忽然有一种自私的念头触动了我。我从破碎的窗口伸出手去，把两枝浆液丰富的柔条牵进我的屋子里来，教它伸长到我的书案上，让绿色和我更接近，更亲密。我拿绿色来装饰我这简陋的房间，装饰我过于抑郁的心情。我要借绿色来比喻葱茏的爱和幸福，我要借绿色来比喻猗郁的年华。我囚住这绿色如同幽囚一只小鸟，要它为我作无声的歌唱。

绿的枝条悬垂在我的案前了。它依旧伸长，依旧攀缘，依旧舒放，并且比在外边长得更快。我好像发现了一种“生的欢喜”，超过了任何种的喜悦。从前我有个时候，住在乡间的一所草屋里，地面是新铺的泥土，未除净的草根在我的床下茁出嫩绿的芽苗，蕈菌在地角上生长，我不忍加以剪除。后来一个友人一边说一边笑，替我拔去这些野草，我心里还引为可惜，倒怪他多事似的。

可是每天早晨，我起来观看这被幽囚的“绿友”时，它的尖端总朝着窗外的方向。甚至于一枚细叶，一茎卷须，都朝原来的方向。植物是多固执啊！它不了解我对它的爱抚，我对它的善意。我为了这永远向着阳光生长的植物不快，因为它损害了我的自尊心。可是我囚系住它，仍旧让柔弱的枝叶垂在我的案前。

它渐渐失去了青苍的颜色，变成柔绿，变成嫩黄；枝条变成细瘦，变成娇弱，好像病了的孩子。我渐渐不能原谅我自己的过失，把天空底下的植物移锁到暗黑的室内；我渐渐为这病损的枝叶可怜，虽则我恼怒它的固执，无亲热，我仍旧不放走它。魔念在我心中生长了。

我原是打算七月尾就回南去的。我计算着我的归期，计算这“绿囚”出牢的日子。在我离开的时候，便是它恢复自由的时候。

卢沟桥事件发生了。担心我的朋友电催我赶速南归。我不得不变更我的计划，在七月中旬，不能再流连于烽烟四逼中的旧都，火车已经断了数天，我每日须得留心开车的消息。终于在一天早晨候到了。临行时我珍重地开释了这永不屈服于黑暗的囚人。我把瘦黄的枝叶放在原来的位置上，向它致诚意的祝福，愿它繁茂苍绿。

离开北平一年了。我怀念着我的圆窗和绿友。有一天，得重和它们见面的时候，会和我面生吗？

黄昏的观前街[①]

· 郑振铎

我刚从某一个大都市归来。那一个大都市，说得漂亮些，是乡村的气息较多于城市的。它比城市多了些乡野的荒凉况味，比乡村却又少了些质朴自然的风趣。疏疏的几簇住宅，到处是绿油油的菜圃，是蓬蒿没膝的废园，是池塘半绕的空场，是已生了荒草的瓦砾堆。晚间更是凄凉。太阳刚刚西下，街上的行人便已“寥若晨星”。在街灯如豆的黄光之下，踽踽地独行着，瘦影显得更长了，足音也格外地寂寥。远处野犬，如豹地狂吠着。黑衣的警察，幽灵似的扶枪立着。在前面的重要区域里，仿佛有“站住！”“口号！”的呼叱声。

---

① 选自《郑振铎文集（第二卷）》，郑振铎著，北京：人民文学出版社，1985年2月。

我假如是喜欢都市生活的话，我真不会喜欢到这个地方；我假如是喜欢乡间生活的话，我也不会喜欢到这个所在。我的天！还是趁早走了吧。（不仅是“浩然”，简直是“凛然有归志”了！）

归程经过苏州，想要下去，终于因为舍不得抛弃了车票上的未用尽的一段路资，蹉跎地被火车带过去了。归后不到三天，长个子的樊与矮而美髯的孙，却又拖了我逛苏州去。早知道有这一趟走，还不中途而下，来得便利吗？

我的太太是最厌恶苏州的，她说舒舒服服地坐在车上，走不了几步，却又要下车过桥了。我也未见得十分喜欢苏州；一来是，走了几趟都买不到什么好书，二来是，住在阊门外，太像上海，而又没有上海的繁华，但这一次，我因为要换换花样，却拖他们住到城里去。不料竟因此而得到了一次永远不曾领略到的苏州景色。

我们跑了几家书铺，天色已经渐渐地黑下来了，樊说：“我们找一个地方吃饭吧。”饭馆里是那么样的拥挤，走了两三家，才得到了一张空桌。街上已上了灯。楼窗的外面，行人也是那么样的拥挤。没有一盏灯光不照到几堆子人的，影子也不落在地上，而落在人的身上。我不禁想起了某一个大城市的荒凉情景，说道：“这才可算是一个都市！”

这条街是苏州城繁华的中心的观前街。玄妙观是到过苏州的人没有一个不熟悉的；那么粗俗的一个所在，未必有胜于北平的隆福寺、南京的夫子庙、扬州的教场。观前街也是一条到过苏州的人没有一个不曾经过的，那么狭小的一道街，三个人并列走着，便可以不让旁的人走，再加之以没头苍蝇似的乱钻而前的人力车，或箩或桶的一担担的水与蔬菜，混合成了一个道地的中国式的小城市的拥挤与纷乱无秩序的情形。

然而，这一个黄昏时候的观前街，却与白昼大殊。我们在这条街上舒适地散着步，男人、女人、小孩子、老年人，摩肩接踵而过，却不喧哗，也不推拥。我所得的苏州印象，这一次可说是最好。——从前不曾于黄昏时候在观前街散步过。半里多长的一条古式的石板街道，半部车子也没有，你可以安安稳稳地在街心踱方步。灯光耀耀煌煌的，铜的，布的，黑漆金字的市招，密簇簇地排列在你的头上，一举手便可触到了几块。茶食店里的玻璃匣，亮晶晶地在繁灯之下发光，照得匣内的茶食通明地映入行人眼里，似欲伸手招致他们去买几色苏制的糖食带回去。野味店的山鸡野兔，已烹制的，或尚带着皮毛的，都一串一挂地悬在你的眼前——就在你的眼前，那香味直扑到你的鼻上。你在那里，走着，走着。你如走在一所游艺园中。你如在暮春三月，迎神赛会的当儿，挤在人群里，跟着他们跑，兴奋而感到浓趣。你如在你的少小时，大人们在做寿，或娶亲，地上铺着花毯，天上张着锦幔，长随打杂老妈丫头、客人的孩子们，全都穿戴着崭新的衣帽，穿梭似的进进出出，而你在其间，随意地玩耍，随意地奔跑。你白天觉得这条街狭小，在这时，你才觉这条街狭小得妙。她将你紧压住了，如夜间将自己的手放在心头，做了很刺激的梦；她将你紧紧地拥抱住了，如一个爱人身体的热情的拥抱；她将所有的宝藏、所有的繁华、所有的可引动人的东西，都陈列在你的面前，即在你的眼下，相去不到三尺左右，而别用一种黄昏的灯纱笼罩了起来，使它们更显得隐约而动情，如一位对窗里面的美人，如一位躲于绿帘后的少女。她假如也像别的都市的街道那样的开朗阔大，那么，你便将永远感不到这种亲切的繁华的况味，你便将永远受不到这种紧紧地箍压于你的全身，你的全心的燠暖而温馥的情趣了。你平常觉得这条街闲人太多，过于拥挤，在这时却正显得人多的好处。你看人，人也看你；你的左边是一位时装的小姐，你的右边是几位随了丈夫父亲上城的乡姑，你的前面是一二位步履维艰的道地的苏州老，一二位尖帽薄履的苏式少年，你偶然回过头来，你的眼光却正碰在一位容光射人、衣饰过丽的少奶奶的身上。你的团团转转都是人，都是无关系的无关心的最驯良的人，你可以舒舒适适地踱着方步，一点也不用担心什么。这里没有乘机的偷盗，没有诱人入魔窟的“指导者”，也没有什么电掣风驰，左冲右撞的一切车子。每一个人都是那么安闲地散步着，散步着；川流不息地在走，肩摩踵接地在走，他们永不会猛撞着你身上而过。他们是走得那么安闲，那么小心。你假如偶然过于大意地撞了人，或踏了人的足——那是极不经见的事！他们抬眼望了望你，你对他们点点头，表示歉意，也就算了。大家都感到一种的亲切，一种的无损害，一种的无忧无虑的生活；大家都似躲在一个乐园中，在明月之下、绿林之间，悠闲地微步着，忘记了园外的一切。

那么鳞鳞比比的店房，那么密密接接的市招，那么耀耀煌煌的灯光，那么狭狭小小的街道，竟使你抬起头来，看不见明月，看不见星光，看不见一丝一毫的黑暗的夜天，她使你不知道黑暗，她使你忘记了这是夜间。啊，这样的一个“不夜之城”！

“不夜之城”的巴黎、“不夜之城”的伦敦，你如果要看，你且去歌剧院左近走着，你且去辟加德莱圈散步，准保你不会有一刻半秒的安逸；你得时时刻刻地担心，时时刻刻地提防着，大都市的灾害，是那么多。每个人都是匆匆地走马灯似的向前走，你也得匆匆地走；每个人都是紧张着矜持着，你也自然地会紧张着，矜持着。你假如走惯了黄昏时候的观前街，你在那里准得要吃大苦头，除非你已将老脾气改得一干二净。你假如为店铺的窗中的陈列品所迷住了，譬如说，你要站住了仔仔细细地看一下，你准得要和后面的人猛碰一下，他必定要诧异地望了望你，虽然嘴里说的是“对不起”。你也得说“对不起”，然而你也饱受了他，以至他们的眼光的奚落。你如走到了歌剧院的阶前，你如走到了那尔逊的像下，你将见斗大的一个个市招或广告牌，闪闪在放光；一片的灯火，映射得半个天空红红的。然而那里却是如此的开朗敞阔，建筑物又是那么的宏伟，人虽拥挤，却是那样的藐小可怜，Taxi①和Bus②也如小甲虫似的，如红蚁似的在一连串地走着。大半个天空是黑漆漆的，几颗星在冷冷地睐着眼看人。大都市的荣华终敌不住黑夜的侵袭。你在那里，立了一会儿，只要一会儿，你便将完全地领受到夜的凄凉了。像观前街那样的燠暖温馥之感，你是永远得不到的，你在那里是孤零的，是寂寞的，算不定会有什么飞灾横祸光临到你身上，假如你要一个不小心。像在观前街的那么舒适无虑的亲切的感觉，你也是永远不会得到的。

有观前街的燠暖温馥与亲切之感的大都市，我只见到了一个委尼司③；即在委尼司的St. Mark④方场⑤的左近。那里也是充满了闲人，充满了紧压在你身上的燠暖的情趣的；街道也是那么狭小，也许更要狭，行人也是那么拥挤，也许更要拥挤，灯

---

① 英文，出租车。

② 英文，公共汽车。

③ 今通译为威尼斯。

④ 英文，圣马可。

⑤ 广场的旧称。

光也是那么辉辉煌煌的，也许更要辉煌。有人口口声声地称呼苏州为东方的委尼司；别的地方，我看不出，别的时候，我看不出，在黄昏时候的观前街，我却深切地感到了。——虽然观前街少了那么弘丽的Piazza of St. Mark①，少了那么轻妙的此奏彼息的乐队。

① 英文，圣马可广场的全称。

辑六

见得繁花不惊，修得心淡如水

这正午的一刹那，是最可爱的一刹那，便是现在。事情已过，追想是无用的；事情未来，预想是无用的；只有在事情正来的时候，我们可以把捉它、发展它、改正它、补充它；使它健全、谐和，成为完满的一段落、一历程。历程的满足，给我们相当的欢喜。

渐[1]

· 丰子恺

使人生圆滑进行的微妙的要素，莫如“渐”；造物主骗人的手段，也莫如“渐”。在不知不觉之中，天真烂漫的孩子“渐渐”变成野心勃勃的青年，慷慨豪侠的青年“渐渐”变成冷酷的成人，血气旺盛的成人“渐渐”变成顽固的老头子。因为其变更是渐进的，一年一年地、一月一月地、一日一日地、一时一时地、一分一分地、一秒一秒地渐进，犹如从斜度极缓的长远的山坡上走下来，使人不察其递降的痕迹，不见其各阶段的境界，而似乎觉得常在同样的地位，恒久不变，又无时不有生的意趣与价值，于是人生就被确实肯定，而圆滑进行了。

① 选自《丰子恺散文》，丰子恺著，北京：人民文学出版社，2013年11月。

假使人生的进行不像山坡而像风琴的键板，由do忽然移到re，即如昨夜的孩子今朝忽然变成青年；或者像旋律的“接离进行”地由do忽然跳到mi，即如朝为青年而夕暮忽成老人，人一定要惊讶、感慨、悲伤，或痛感人生的无常，而不乐为人了。故可知人生是由“渐”维持的。这在女人恐怕尤为必要：歌剧中，舞台上的如花的少女，就是将来火炉旁边的老婆子，这句话，骤听使人不能相信，少女也不肯承认，实则现在的老婆子都是由如花的少女“渐渐”变成的。

人之能堪受境遇的变衰，也全靠这“渐”的助力。巨富的纨绔子弟因屡次破产而“渐渐”荡尽其家产，变为贫者；贫者只得做佣工，佣工往往变为奴隶，奴隶容易变为无赖，无赖与乞丐相去甚近，乞丐不妨做偷儿……这样的例，在小说中，在实际上，均多得很。因为其变衰是延长为十年二十年而一步一步地“渐渐”地达到的，在本人不感到什么强烈的刺激。故虽到了饥寒病苦刑笞交迫的地步，仍是熙熙然贪恋着目前的生的欢喜。假如一位千金之子忽然变了乞丐或偷儿，这人一定愤不欲生了。

这真是大自然的神秘的原则，造物主的微妙的功夫！阴阳潜移，春秋代序，以及物类的衰荣生杀，无不暗合于这法则。由萌芽的春“渐渐”变成绿荫的夏，由凋零的秋“渐渐”变成枯寂的冬。我们虽已经历数十寒暑，但在围炉拥衾的冬夜仍是难于想象饮冰挥扇的夏日的心情；反之亦然。然而由冬一天一天地、一时一时地、一分一分地、一秒一秒地移向夏，由夏一天一天地、一时一时地、一分一分地、一秒一秒地移向冬，其间实在没有显著的痕迹可寻。昼夜也是如此：傍晚坐在窗下看书，书页上“渐渐”地黑起来，倘不断地看下去（目力能因了光的渐弱而渐渐加强），几乎永远可以认识书页上的字迹，即不觉昼之已变为夜。黎明凭窗，不瞬目地注视东天，也不辨自夜向昼的推移的痕迹。儿女渐渐长大起来，在朝夕相见的父母全不觉得，难得见面的远亲就相见不相识了。往年除夕，我们曾在红蜡烛底下守候水仙花的开放，真是痴态！倘水仙花果真当面开放给我们看，便是大自然的原则的破坏，宇宙的根本的摇动，世界人类的末日临到了！

“渐”的作用，就是用每步相差极微极缓的方法来隐蔽时间的过去与事物的变迁的痕迹，使人误认其为恒久不变。这真是造物主骗人的一大诡计！这有一件比喻的故事：某农夫每天朝晨抱了犊而跳过一沟，到田里去工作，夕暮又抱了它跳过沟回家。每日如此，未尝间断。过了一年，犊已渐大，渐重，差不多变成大牛，但农夫全不觉得，仍是抱了它跳沟。有一天他因事停止工作，次日再就不能抱了这牛而跳沟了。造物的骗人，使人流连于其每日每时的生的欢喜而不觉其变迁与辛苦，就是用这个方法的。人们每日在抱了日重一日的牛而跳沟，不准停止。自己误以为是不变的，其实每日在增加其苦劳！

我觉得时辰钟是人生的最好的象征了。时辰钟的针，平常一看总觉得是“不动”的；其实人造物中最常动的无过于时辰钟的针了。日常生活中的人生也如此，刻刻觉得我是我，似乎这“我”永远不变，实则与时辰钟的针一样的无常！一息尚存，总觉得我仍是我，我没有变，还是流连着我的生，可怜受尽“渐”的欺骗！

“渐”的本质是“时间”。时间我觉得比空间更为不可思议，犹之时间艺术的音乐比空间艺术的绘画更为神秘。因为空间姑且不追究它如何广大或无限，我们总可以把握其一端，认定其一点。时间则全然无从把握，不可挽留，只有过去与未来在渺茫之中不绝地相追逐而已。性质上既已渺茫不可思议，分量上在人生也似乎太多。因为一般人对于时间的悟性，似乎只够支配搭船乘车的短时间；对于百年的长期间的寿命，他们不能胜任，往往迷于局部而不能顾及全体。试看乘火车的旅客中，常有明达的人，有的宁牺牲暂时的安乐而让其座位于老弱者，以求心的太平（或博暂时的美誉）；有的见众人争先下车，而退在后面，或高呼“勿要轧，总有得下去的！”“大家都要下去的！”然而在乘“社会”或“世界”的大火车的“人生”的长期的旅客中，就少有这样的明达之人。所以我觉得百年的寿命，定得太长。像现在的世界上的人，倘定他们搭船乘车的期间的寿命，也许在人类社会上可减少许多凶险残惨的争斗，而与火车中一样谦让，和平，也未可知。

然人类中也有几个能胜任百年的或千古的寿命的人。那是“大人格”“大人生”。他们能不为“渐”所迷，不为造物所欺，而收缩无限的时间并空间于方寸的心中。故佛家能纳须弥于芥子。中国古诗人（白居易）说：“蜗牛角上争何事？石火光中寄此身。”英国诗人（Blake①）也说：“一粒沙里见世界，一朵花里见天国；手掌里盛住无限，一刹那便是永劫。”

---

① 即威廉·布莱克（1757—1827），英国浪漫主义诗人、版画家，代表作有诗集《纯真之歌》《经验之歌》等。

送行[1]

· 梁实秋

“黯然销魂者，唯别而已矣。”遥想古人送别，也是一种雅人深致。古时交通不便，一去不知多久，再见不知何年，所以南浦唱支骊歌，灞桥折条杨柳，甚至在阳关敬一杯酒，都有意味。李白的船刚要启碇，汪伦老远地在岸上踏歌而来，那幅情景真是历历如在目前。其妙处在于纯朴真挚，出之以潇洒自然。平素莫逆于心，临别难分难舍。如果平常我看着你面目可憎，你觉得我语言无味，一旦远离，那是最好不过，只恨世界太小，唯恐将来又要碰头，何必送行？

在现代人的生活里，送行是和拜寿、送殡等等一样地成为

---

① 选自《梁实秋散文》，梁实秋著，北京：人民文学出版社，2013年11月。

应酬的礼节之一。“揪着公鸡尾巴”起个大早，迷迷糊糊地赶到车站码头，挤在乱哄哄人群里面，找到你的对象，扯几句淡话，好容易耗到汽笛一叫，然后作鸟兽散，吐一口轻松气，噘着大嘴回家。这叫作周到。在被送的那一方面，觉得热闹，人缘好，没白混，而且体面，有这么多人舍不得我走，斜眼看着旁边的没人送的旅客，相形之下，尤其容易起一种优越之感，不禁精神抖擞，恨不得对每一个送行的人要握八次手，道十回谢。死人出殡，都讲究要有多少亲友执绋，表示恋恋不舍，何况活人？行色不可不壮。

悄然而行似是不大舒服，如果别的旅客在你身旁耀武扬威地与送行的话别，那会增加旅中的寂寞。这种情形，中外皆然。Max Beerbohm①写过一篇《谈送行》，他说他在车站上遇见一位以演剧为业的老朋友在送一位女客，始而喁喁情话，俄而泪湿双颊，终乃汽笛一声，勉强抑止哽咽，向女郎频频挥手，目送良久而别。原来这位演员是在做戏，他并不认识那位女郎，他是属于“送行会”的一个职员，凡是旅客孤身在外而愿有人到站相送的，都可以到“送行会”去雇人来送。这位演员出身的人当然是送行的高手，他能放进感情，表演逼真。客

① 马克斯·比尔博姆（1872—1956），英国散文家、剧评家、漫画家，有《马克斯·比尔博姆文集》传世。

人纳费无多，在精神上受惠不浅。尤其是美国旅客，用金钱在国外可以购买一切，如果“送行会”真的普遍设立起来，送行的人也不虞缺乏了。

送行既是人生中所不可少的一桩事，送行的技术也便不可不注意到。如果送行只限于到车站码头报到，握手而别，那么问题就简单，但是我们中国的一切礼节把“吃”列为最重要的一个项目。一个朋友远别，生怕他饿着走，饯行是不可少的，恨不得把若干天的营养都一次囤积在他肚里。我想任何人都有这种经验，如有远行而消息外露（多半还是自己宣扬），他有理由期望着饯行的帖子纷至沓来，短期间家里可以不必开伙。还有些思虑更周到的人，把食物携在手上，亲自送到车上船上，好像是你在半路上会要挨饿的样子。

我永远不能忘记最悲惨的一幕送行。一个严寒的冬夜，车站上并不热闹，客人和送客的人大都在车厢里取暖，但是在长得没有止境的月台上却有黑压压的一堆送行的人，有的围着斗篷，有的戴着风帽，有的脚尖在洋灰地上敲鼓似的乱动。我走近一看，全是熟人，都是来送一位太太的。车快开了，不见她的踪影，原来在这一晚她还有几处饯行的宴会。在最后的一分钟，她来了。送行的人们觉得是在接一个人，不是在送一个人，一见她来到大家都表示喜欢，所有惜别之意都来不及表现了。她手上抱着一个孩子，吓得直哭，另一只手扯着一个孩子，连跑带拖；她的头发蓬松着，嘴里喷着热气，像是冬天载重的骡子；她顾不得和送行的人周旋，三步两步地就跳上了车。这时候车已在蠕动。送行的人大部分都手里提着一点东西，无法交付，可巧我站在离车门最近的地方，大家把礼物都交给了我，“请您偏劳给送上去吧！”我好像是一个圣诞老人，抱着一大堆礼物。我一个箭步蹿上了车，我来不及致辞，把东西往她身上一扔，回头就走。从车上跳下来的时候，打了几个转才立定脚跟。事后我接到她一封信，她说：

那些送行的都是谁？你丢给我那一堆东西，到底是谁送的？我在车上整理了好半天，才把那堆东西聚拢起来打成一个大包袱。朋友们的盛情算是给我添了一件行李。我愿意知道哪一件东西是哪一位送的，你既是代表送上车的，你当然知道，盼速见告。

计开

水果三筐，泰康罐头四个，果露两瓶，蜜饯四盒，饼干四罐，豆腐乳四罐，蛋糕四盒，西点八盒，纸烟八听，信纸信封一匣，丝袜两双，香水一瓶，烟灰碟一套，小钟一具，衣料两块，酱菜四篓，绣花拖鞋一双，大面包四

个，咖啡一听，小宝剑两把……

这问题我无法答复，至今是个悬案。

我不愿送人，亦不愿人送我，对于自己真正舍不得离开的人，离别的那一刹那像是开刀。凡是开刀的场合照例是应该先用麻醉剂，使病人在迷蒙中度过那场痛苦，所以离别的苦痛最好避免。一个朋友说："你走，我不送你；你来，无论多大风多大雨，我要去接你。"我最赏识那种心情。

时间[①]

· 沈从文

一切存在严格地说都需要“时间”。时间证实一切，因为它改变一切。气候寒暑，草木荣枯，人从生到死，都不能缺少时间，都从时间上发生作用。

常说到“生命的意义”或“生命的价值”。其实一个人活下去真正的意义和价值，不过占有几十个年头的时间罢了。生前世界没有他，他无意义和价值可言的；活到不能再活死掉了，他没有生命，他自然更无意义和价值可言。

正仿佛多数人的愚昧与少数人的聪明，对生命下的结论差不多都以为是“生命的意义同价值是活个几十年”，因此都肯

① 选自《沈从文抒情散文》，沈从文著，邵建君选编，北京：文化艺术出版社，1992年2月。

定生活，那么吃、喝、睡觉、吵架、恋爱……活下去等待死，死后让棺木来装殓他，黄土来掩埋他，蛆虫来收拾他。

生命的意义解释得即如此单纯，“活下去，活着，倒下，死了”，未免太可怕了。因此次一等的聪明人，同次一等的愚人，对生命的意义同价值找出第二种结论，就是“怎么样来耗费这几十个年头”。虽更肯定生活，那么吃、喝、睡觉、吵架、恋爱……然而生活得失取舍之间，到底也就有了分歧。这分歧一看就明白的。大别言之，聪明人要理解生活，愚蠢人要习惯生活。聪明人以为目前并不完全好，一切应比目前更好，且竭力追求那个理想。愚蠢人对习惯完全满意，安于现状，保证习惯。（在世俗观察上，这两种人称呼常常相反，安于习惯的被呼为聪明人，怀抱理想的人却成愚蠢家伙。）

两种人即同样有个“怎么来耗费这几十个年头”的打算，要从人与人之间寻找生存的意义和价值，即或择业相同，成就却不相同。同样想征服颜色线条做画家，同样想征服乐器音声做音乐家，同样想征服木石铜牙及其他材料做雕刻家，甚至于同样想征服人身行为做帝王，同样想征服人心信仰做思想家或教主，一切结果都不会相同。因此世界上有大诗人，同时也就有蹩脚诗人；有伟大革命家，同时也有虚伪革命家。至于两种人目的不同，择业不同，那就更容易一目了然了。

看出生命的意义同价值，原来如此如此，却想在生前死后使生命发生一点特殊意义和永久价值，心性绝顶聪明，为人却好像傻头傻脑，历史上的释迦、孔子、耶稣，就是这种人。这种人或出世，或入世，或革命，或复古，活下来都显得很愚蠢，死过后却显得很伟大。屈原算得这种人另外一格，历史上这种人可并不多。可是每一时代间或产生一个两个，就很像样子了。这种人自然也只能活个几十年，可是他的观念，他的意见，他的风度，他的文章，却可以活在人类的记忆中几千年。一切人生命都有时间的限制，这种人的生命又似乎不大受这种限制。

话说回来，事事物物要时时证明，可是时间本身却又像是个极其抽象的东西，从无一个人说得明白时间是个什么样子。时间并不单独存在。时间无形，无声，无色，无臭。要说明时间的存在，还得回过头来从事事物物去取证。从日月来去，从草木荣枯，从生命存亡找证据。正因为事事物物都可为时间作注解，时间本身反而被人疏忽了。所以多数人提问到生命的意义同价值时，没有一个人敢说“生命意义同价值，只是一堆时间”。

“前不见古人，后不见来者。”这是一个真正明白生命意义同价值的人所说的话。老先生说这话时心中的寂寞可知！能说这话的是个伟人，能理解这话的也不是个凡人。目前的活人，大家都记得这两句话，却只有那些从日光下牵入牢狱，或从牢狱中牵上刑场的倾心理想的人，最了解这两句话的意义。因为说这话的人生命的耗费，同懂这话的人生命的耗费，异途同归，完全是为事实皱眉，却胆敢对理想倾心。

他们的方法不同，他们的时代不同，他们的环境不同，他们的遭遇也不相同；相同的是他们的心，同样为人类向上向前而跳跃。

抬头见喜[①]

· 老舍

对于时节，我向来不特别地注意。拿清明说吧，上坟烧纸不必非我去不可，又搭着不常住在家乡，所以每逢看见柳枝发青便晓得快到了清明，或者是已经过去。对重阳也是这样，生平没在九月九登过高，于是重阳和清明一样的没有多大作用。

端阳，中秋，新年，三个大节可不能这么马虎过去。即使我故意躲着它们，账条是不会忘记了我的。也奇怪，一个无名之辈，到了三节会有许多人惦记着，不但来信，送账条，而且要找上门来！

设若故意躲着借款，着急，设计自杀，等等，而专讲三

① 选自《老舍散文》，老舍著，北京：人民文学出版社，2014年1月。

节的热闹有趣那一面儿，我似乎是最喜爱中秋。“似乎”，因为我实在不敢说准了。幼年时，中秋是个很可喜的节，要不然我怎么还记得清清楚楚那些“兔儿爷”的样子呢？有“兔儿爷”玩，这个节必是过得十二分有劲。可是从另一方面说，至少有三次喝醉是在中秋；酒入愁肠呀！所以说“似乎”最喜爱中秋。

事真凑巧，这三次“非杨贵妃式”的醉酒我还都记得很清楚。那么，就说上一说呀。第一次是在北平，我正住在翊教寺一家公寓里。好友卢嵩庵从柳泉居运来一坛子“竹叶青”。又约来两位朋友——内中有一位是不会喝的——大家就抄起茶碗来。坛子虽大，架不住茶碗一个劲进攻；月亮还没上来，坛子已空。干什么去呢？打牌玩吧。各拿出铜圆百枚，约合大洋七角多，因这是古时候的事了。第一把牌将立起来，不晓得——至今还不晓得——我怎么上了床。牌必是没打成，因为我一睁眼已经红日东升了。

第二次是在天津，和朱荫棠在同福楼吃饭，各饮绿茵陈二两。吃完饭，到一家茶肆去品茗。我朝窗坐着，看见了一轮明月，我就吐了。这回绝不是酒的作用，毛病是在月亮。

第三次是在伦敦。那里的秋月是什么样子，我说不上来——也许根本没有月亮其物。中国工人俱乐部里有多人凑热闹，我和沈刚伯也去喝酒。我们俩喝了两瓶葡萄酒。酒是用葡萄还是葡萄叶儿酿的，不可得而知，反正价钱很便宜；我们俩自古至今总没做过财主。喝完，各自回寓所。一上公众汽车[①]，我的脚忽然长了眼睛，专找别人的脚尖去踩。这回可不是月亮的毛病。

对于中秋，大致如此——无论如何也不能说它坏。就此打住。

至若端阳，似乎可有可无。粽子，不爱吃。城隍爷现在也不出巡；即使再出巡，大概也没有跟随着走几里路的兴趣。樱桃真是好东西，可惜被黑白桑葚给带累坏了。

新年最热闹，也最没劲，我对它老是冷淡的。自从一记事儿起，家中就似乎很穷。爆竹总是听别人放，我们自己是静寂无哗。记得最真的是家中一张《王羲之换鹅》图。每逢除夕，母亲必把它从个神秘的地方找出来，挂在堂屋里。姑母就给说那个故事；到如今还不十分明白这故事到底有什么意思，只觉得“王羲之”三个字倒很响亮好听。后来入学，读了《兰亭序》[②]，我告诉先生，王羲之是在我的家里。

长大了些，记得有一年的除夕，大概是光绪三十年前的一二年，母亲在院中接神，雪已下了一尺多厚。高香烧起，

① 公共汽车的旧称。

② 《兰亭集序》的别称。

雪片由漆黑的空中落下，落到火光的圈里，非常地白，紧接着飞到火苗的附近，舞出些金光，即行消灭；先下来的灭了，上面又紧跟着下来许多，像一把“太平花”倒放。我还记着这个。我也的确感觉到，那年的神仙一定是真由天上回到世间。

中学的时期是最忧郁的，四五个新年中只记得一个，最凄凉的一个。那是头一次改用阳历，旧历的除夕必须回学校去，不准请假。姑母刚死两个多月，她和我们同住了三十年的样子。她有时候很厉害，但大体上说，她很爱我。哥哥当差，不能回来。家中只剩母亲一人。我在四点多钟回到家中，母亲并没有把“王羲之”找出来。吃过晚饭，我不能不告诉母亲了——我还得回校。她愣了半天，没说什么。我慢慢地走出去，她跟着走到街门。摸着袋中的几个铜子，我不知道走了多少时候，才走到学校。路上必是很热闹，可是我并没看见，我似乎失了感觉。到了学校，学监先生正在学监室门口站着。他先问我：“回来了？”我行了个礼。他点了点头，笑着叫了我一声：“你还回去吧。”这一笑，永远印在我心中。假如我将来死后能入天堂，我必把这一笑带给上帝去看。

我好像没走就又到了家，母亲正对着一支红烛坐着呢。她的泪不轻易落，她又慈善又刚强。见我回来了，她脸上有了笑容，拿出一个细草纸包儿来：“给你买的杂拌儿，刚才一忙，也忘了给你。”母子好像有千言万语，只是没精神说，早早地就睡了。母亲也没精神。

中学毕业以后，新年，除了为还债着急，似乎已和我不发生关系。我在哪里，除夕便由我照管着哪里。别人都回家去过年，我老是早早关上门，在床上听着爆竹响。平日我也好吃个嘴儿，到了新年反倒想不起弄点什么吃，连酒也不喝。在爆竹稍静了些的时节，我老看见些过去的苦境。可是我既不落泪，也不狂歌，我只静静地躺着。躺着躺着，多咱[①]烛光在壁上幻出一个“抬头见喜”，那就快睡去了。

① 方言，意为什么时候、何时。

光阴[①]

· 陆蠡

我曾经想过，如若人们开始爱惜光阴，那么他的生命的积储是有一部分耗蚀的了。年轻人往往不知珍惜光阴，犹如拥资巨万的富家子，他可以任意挥霍他的钱财，等到黄金垂尽便吝啬起来，而懊悔从前的浪费了。

我平素不大喜爱表和钟这一类东西。它金属的利齿窸窸瑟瑟地将光阴啮食，而金属的手复的的答答地将时间一分一秒地数给我。当我还有丰余的生命留在后面，在时光的账页上我还有可观的储存，我会像一个守财虏，斤斤计较寸金和寸阴的市价吗？偶然我抬头望到壁上的日历，那种红字和黑字相间的

① 选自《陆蠡散文选集》，陆蠡著，袁振声编，天津：百花文艺出版社，2009年6月。

纸页把光阴划分成今天和明天。谁说动物中人是最聪明的？他们把连续的时间分成均匀的章节，费许多精神去较量它们的短长。最初他们用粗拙的工具刻画在树皮上代表昼夜，现在的人们则将日子印在没有重量的纸条上，每逢揭下一张来，便不禁想：“啊！又过了一天！”

怎样我会起了这些古怪的念头呢？是最近的一个秋日的傍晚，我在近郊散步，我迎着苍黄的落日走过去，复背着它的光辉走回来，足踩着自己的影子。“我是牵着我的思想在散步。”我对自己说。“我是踪蹑着我的影子，看我赶不赶得过它。”我一面走一面自语。“我在看我自己影子的生长，看它愈长愈快，愈快愈长。”我独语。总之，我是在散步罢了。我携着我的思想一同散步。它是羞怯得畏见阳光，老躲在我的影子里，使得我和它谈话，不得不偏过头去，伛偻着身子，正如一个高大的男子低头和身边的女子说话，是那么轻声地，絮絮地。

我们走着走着，不知从哪里来的一枚树叶，飘坠在我们的脚前。那样轻，怕跌碎的样子。要不是四周是那么静寂，我准不会注意。但我注意到了，我捡了起来，我试想分辨它是什么树叶，梧桐的，枫槭的，还是樗栎的？但我恍若看到这不是一张树叶，分明是一张日历，一张被不可见的手扯下来的日历。这上面写着的是一个无形的字：“秋”。

“秋！”我微喟一声。

“秋，秋！”我的思想躲在我的影子里和答我。我感到有点迟暮了。好像这个字代表一段逝去的光阴。

“逝去的光阴。”我的思想如刁钻的精灵，摸着了我的心思。

“光……阴。”这两个平声的没有低昂的字眼，在我的耳边震响。

光阴要逝去吗？却借落叶通知我。我岂不曾拥有过大量的光阴，这年轻人唯一的财产，一如富贾之子拥有巨资。我曾是光阴富有者。同时我也想起了两个惜阴的人。

正是这样秋暖的日子，在很早很早以前。家门前的禾场上排列着一行行的谷簟，在阳光下曝晒着田里新收割来的谷粒。芙蓉花盛开着，我坐在它的荫下，坐在一只竹箩里面——我的身子还装不满一竹箩——我玩着谷堆里捉来的蚱蜢、螳螂和甲虫，我玩着玩着，无意识地玩去我的光阴。祖父是爱惜光阴的，他匆匆出去，匆匆回来，复匆匆出去，不肯有一刻休息。但是他珍惜也没有用，他仅有不多的光阴。等到他在一个悄然的夜晚，撇下我们而去时，我还不懂他为什么要离开我们，原来他把光阴用尽了。

还是在不多年以前，父亲写信给我说：“你现在长大了，应该知道光阴的可贵。听说你在学校里专爱玩，功课也不用功……”父亲也珍惜起光阴来了。大概他开始忧光阴之穷匮，遂于无意中把忧心吐露给我。在当时我不是能领会的。我仍是嫌光阴过得太慢。“今天是星期一呢！”便要发愁。“什么时候是圣诞节呢？”虽则我并不喜欢这异邦的节日。“怎样还不放假呢？”我在打算怎样过那些佳美的日子。光阴是推移得太慢了，像跛脚的鸭子。于是我用欢笑去嗓逐它，把它赶得快些。正如执棰的孩子驱着鸭群，吻哨起快活的声音促紧不善于行的水禽的脚步，我曾用欢笑驱赶我的光阴。

“你曾用欢笑驱赶你的光阴。”我的思想像“回声”的化身，复述我的话。

但是很久不那么做了。竟有一次我坐在房里整半天不出去，我伏在案前，目视着阳光从桌面的一端移到另一端。我用一根尺、一只表，来计算阳光的足在我的桌面移动的速度，我观察了计算了好久，蓦然有一种感触浮起在我的脑际，我为什么干这玩意儿呢？我看见了多少次阳光从我的桌面爬过，我有多少次看见阳光从我的窗口探入，复悄悄地退出。我惯用双手交握成各种样式，遮断它的光线，把影子投在粉壁上，做出种种动物的形状，如一头羊，一只螃蟹，一只兔；或则喝一口水，朝阳光喷去，令微细的水滴把光线散成彩虹的颜色。何时使我的心变成沉重，像吝啬的老人计数他的金钱，我也在计算光阴的速度呢？我曾讥笑惜阴人之不智，终也让别人来讥笑自身吗？

“你也在计算光阴的速度了。”我的思想像喜灾乐祸似的，揶揄我。

真的，我在计算光阴的速度了。我想到光阴速度的相对性，得到这样的结论：感觉上的光阴的速度是年龄的函数。我试在一张白纸上列出如下的方程式：“光阴的速度等于年龄的正切的微分。”当年龄从零岁开始，进入无知的童年，感觉上的光阴速度是极微渺的。等到年龄的角度随岁月转过了半个象限（我暂将不满百的人生比作一个象限，半个象限是四十五岁了），正切线的变化便非常迅速。光阴流逝的感觉便有似白驹，似飞矢，瞬息千里了。我想了又想，渐渐陷入了一个不能自拔的思索的阱里。想到我自己在人生的象限上转过了几度呢？犹如作茧自缚，我自己衍出方程式而复把自己嵌在这式子里面，我悲哀了。

“你自己衍出方程式而复把自己嵌在里面。”思想嘤然回答，已无尖酸的口吻。

但是我无法改正这方程式，这差不多是正确的。在我的智识范围内不能发现它的错误。啊，悲哀的来源，我想把这公式从我的脑筋中擦去，已是不可能。正如我刚才捡起来的树叶，无法把它装回原来的枝上。我重新谛视这片叶，上面仍依稀显现着无形的字：“秋”。

另一天，从另一枝柯上，会有不可见的手扯下另一片树叶——是一张日历——那上面写的应该是另一个字："冬"！

"冬"，我的思想似乎失去了回答的气力。"秋……冬"，又是两个没有低昂的平声的字眼，像一滴凉水滴进我的心胸，使我有点寒意。我不能再散步了，我携着我的思想走回家，正如那西洋妇人携着她的狗，施施归去。此后我就想起：如若人们开始爱惜光阴，那么他的生命的积储是有一部分耗蚀的了。

泪与笑[①]

· 梁遇春

匆匆过了二十多年，我自然也是常常哭，常常笑，别人的啼笑也看过无数回了。可是我生平不怕看见泪，自己的热泪也好，别人的呜咽也好；对于几种笑我却会惊心动魄，吓得连呼吸都不敢大声，这些怪异的笑声，有时还是我亲口发出的。当一位极亲密的朋友忽然说出一句冷酷无情冰一般的冷话来，而且他自己还不知道他说的会使人心寒，这时候我们只好哈哈哈莫名其妙地笑了，因为若使不笑，叫我们怎么样好呢？我们这个强笑或者是出于看到他真正的性格（他这句冷语所显露的）和我们先前所认为的他的性格的矛盾，或者是我们要勉强这么

① 选自《梁遇春散文》，梁遇春著，北京：人民文学出版社，2010年1月。

一笑来表示我们是不会给他的话所震动，我们自己另有一个超乎一切的生活，他的话是不能损坏我们于毫发的，或者……但是那时节我们只觉到不好不这么大笑一声，所以才笑，实在也没有闲暇去仔细分析自己了。当我们心里有说不出的苦痛缠着，正要向人细诉，那时我们平时尊敬的人却用个极无聊的理由（甚至于最卑鄙的）来解释我们这穿过心灵的悲哀，看到这深深一层的隔膜，我们除开无聊赖地破涕为笑，还有什么别的办法吗？有时候我们倒霉起来，整天从早到晚做的事没有一件不是失败的，到晚上疲累非常，懊恼万分，悔也不是，哭也不是，也只好咽下眼泪，空心地笑着。我们一生忙碌，把不可再得的光阴消磨在马蹄轮铁，以及无谓敷衍之间，整天打算，可是自己不晓得为甚这么费心机，为了要活着用尽苦心来延长这生命，却又不觉得活着到底有何好处，自己并没有享受生活过，总之黑漆一团活着，夜阑人静，回头一想，哪能够不吃吃地笑，笑时感到无限的生的悲哀。就说我们淡于生死了，对于现世界的厌烦同人事的憎恶还会像毒蛇般蜿蜒走到面前，缠着身上，我们真可说倦于一切，可惜我们也没有爱恋上死神，觉得也不值得花那么大劲去求死，在此不生不死心境里，只见伤感重重来袭，偶然挣些力气，来叹几口气，叹完气免不了失笑，那笑是多么酸苦的。这几种笑声发自我们的口里，自己听到，心中生个不可言喻的恐怖，或者又引起另一个鬼似的狞笑。若使是由他人口里传出，只要我们探讨出它们的源泉，我们也会惺惺惜惺惺而心酸，同时害怕得全身打战。此外失望人的傻笑，下头人挨了骂对于主子的陪笑，趾高气扬的热官对于贫贱故交的冷笑，老处女在他人结婚席上所呈的干笑，生离永别时节的苦笑——这些笑全是“自然”跟我们为难，把我们弄得没有办法，我们承认失败了的表现，是我们心灵的堡垒下面刺目的降幡。莎士比亚的妙句“对着悲哀微笑”（smiling at grief）说尽此中的苦况。拜伦在他的杰作*Don Juan*[①]里有二句：

Of all tales’tis the saddest—and more sad,
Because it makes us smile.[②]

这两句是我愁闷无聊时所喜欢反复吟诵的，因为真能传出“笑”的悲剧的情调。

泪却是肯定人生的表示。因为生活是可留恋的，过去是春天的日子，所以才有伤逝的清泪。若使生活本身就不值得我们的一顾，我们哪里会有惋惜的情怀呢？当一个中年妇人死

① 《唐璜》，拜伦的长诗。
② 英文，意为：此为所有故事中最悲惨的——更令人伤神，因为它竟使人听了发笑。

了丈夫的时候，她号啕地大哭，她想到她儿子这么早失丢了父亲，没有人指导，免不了伤心流泪，可是她隐隐地对于这个儿子有无穷的慈爱同希望。她的儿子又死了，她或者会一声不做地料理丧事，或者发疯狂笑起来，因为她已厌倦于人生，她微弱的心已经麻木死了。我每回看到人们的流泪，不管是失恋的刺痛，或者丧亲的悲哀，我总觉人世真是值得一活的。眼泪真是人生的甘露。当我是小孩时候，常常觉得心里有说不出的难过，故意去臆造些伤心事情，想到有味时候，有时会不觉流下泪来，那时就感到说不出的快乐。现在却再寻不到这种无根的泪痕了。哪个有心人不爱看悲剧，亚里士多德所说的净化的确不错。我们精神所纠结郁积的悲痛随着台上的凄惨情节发出来，哭泣之后我们有形容不出的快感，好似精神上吸到新鲜空气一样，我们的心灵忽然间呈非常健康的状态。Gogol[①]的著作人们都说是笑里有泪，实在正是因为后面有看不见的泪，所以他小说会那么诙谐百出，对于生活处处有回甘的快乐。中国的诗词说高兴赏心的事总不大感人，谈愁语恨却是易工，也由于那些怨词悲调是泪的结晶，有时会逗我们洒些同情的泪，所以亡国的李后主、感伤的李义山始终是我们爱读的作家。天下

---

① 果戈理（1809—1852），俄国批判主义小说家、剧作家，代表作有小说《死魂灵》、戏剧《钦差大臣》等。

最爱哭的人莫过于怀春的少女同情海中翻身的青年，可是他们的生活是最有力、色彩最浓、最不虚过的生活。人到老了，生活力渐渐消磨尽了，泪泉也干了，剩下的只是无可无不可那种将就木的心境和好像慈祥实在是生的疲劳所产生的微笑——我所怕的微笑。十八世纪初期浪漫派诗人格雷在他的*Ode on a Distant Prospect of Eton College*①里说：

> 流下也就忘记了的泪珠，
> 那是照耀心胸的阳光。
> The tear forgot as soon as shed,
> The sunshine of the breast.

这些热泪只有青年才会有，它是同青春的幻梦同时消灭的，泪尽了，个个人心里都像苏东坡所说的“存亡惯见浑无泪”那样地冷淡了，坟墓的影已染着我们的残年。

① 《伊顿公学远景颂》，格雷的诗歌。

刹那[①]

· 朱自清

我所谓“刹那”，指“极短的现在”而言。

在这个题目下面，我想略略说明我对于人生的态度。现在人说到人生，总要谈它的意义与价值；我觉得这种“谈”是没有意义与价值的。且看古今多少哲人，他们对于人生，都曾试作解人，议论纷纷，莫衷一是；他们“各思以其道易天下”，但是谁肯真个信从呢？——他们只有自慰自驱罢了！我觉得人生的意义与价值横竖是寻不着的——至少现在的我们是如此——而求生的意志却是人人都有的。既然求生，当然要求好好的生。如何求好好的生，是我们各人“眼前的”最大的问

① 选自《朱自清散文》，朱自清著，北京：人民文学出版社，2014年1月。

题；而全人生的意义与价值却反是大而无当的东西，尽可搁在一旁，存而不论。因为要求好好的生，断不能用总解决的办法；若用总解决的办法，便是“好好的”三个字的意义，也尽够你一生的研究了，而“好好的生”终于不能努力去求的！这不是走入了牛角湾里去了吗？要求好好的生，须零碎解决，须随时随地去体会我生“相当的”意义与价值；我们所要体会的是刹那间的人生，不是上下古今东西南北的全人生！

着眼于全人生的人，往往忘记了他自己现在的生活。他们或以为人生的意义与价值在于过去；时时回顾从前的黄金时代，涎垂三尺！而不知他们所回顾的黄金时代，实是传说的黄金时代！——就是真有黄金时代；区区的回顾又岂能将它招回来呢？他们又因为念旧的情怀，往往将自己的过去任情扩大，加以点染，作为回顾的资料、惆怅的因由。这种人将在惆怅、惋惜之中度了一生，永没有满足的现在——一刹那也没有！惆怅惋惜常与彷徨相伴；他们将彷徨一生而无一刹那的成功的安息！这是何等的空虚呀。着眼于全人生的，或以为人生的意义与价值在于将来；时时等待将来的奇迹。而将来的奇迹真成了奇迹，永不降临于笼着手、踮着脚、伸着颈，只知道“等待”的人！他们事事都等待“明天”去做，“今天”却专为作为等待之用；自然地，到了明天，又须等待明天的明天了。这种人到死的一日，将还留着许许多多明天“要”做的事——只好来生再做了吧！他们以将来自驱，在徒然的盼望里送了一生，成功的安慰不用说是没有的，于是也没有满足的一刹那！“虚空的虚空”便是他们的运命了！这两种人的毛病，都在远离了现在——尤其是眼前的一刹那。

着眼于现在的人未尝没有。自古所谓“及时行乐”，正是此种。但重在行乐，容易流于纵欲；结果偏向一端，仍不能得到健全的、谐和的发展——仍不能得着好好的生！况且所谓“及时行乐”，往往“醉翁之意不在酒”；不过借此掩盖悲哀，并非真正在行乐。杨恽说：“及时行乐耳；须富贵何时！”明明是不得志时的牢骚语。“遇饮酒时须饮酒，得高歌处且高歌”，明明是哀时事不可为而厌世的话。这都是消极的！消极的行乐，虽属及时，而意别有所寄；所以便不能认真做去，所以便不能体会行乐的一刹那的意义与价值——虽然行乐，不满足还是依然，甚至变本加厉呢！欧洲的颓废派，自荒于酒色，以求得刹那间官能的享乐为满足；在这些时候，他们见着美丽的幻想，认识了自己。他们的官能虽较从前人敏锐多多，但心情与纵欲的及时行乐的人正是大同小异。他们觉到现世的苦痛，已至忍无可忍的时候，才用颓废的办法，以求暂时的遗忘；正如糖面金鸡纳霜丸一般，面子上一点甜，里面却到心都是苦呀！友人某君说，颓废便是慢性的自杀，实能道出这一派的精微处。总之，无论行乐派、颓废派，深浅虽有不同，却都是“伤心人别有怀抱”；他们有意地或无意地企图“生之毁灭”。这是求生意志的消极的表现；这种表现当然不能算是好好的生了。他们面前的满足安慰他们的力量，绝不抵他们背后的不满足压迫他们的力量；他们终于不能解脱自己，仅足使自己沉沦得更深而已！他们所认识的自己，只是被苦痛压得变形了的、虚空的自己；绝不是充实的生命，绝不是的！所以他们虽着眼于现在，而实未体会现在一刹那的生活的真味；他们不曾体会着一刹那的意义与价值，仍只是白辜负他们的刹那的存在！

我们目下第一不可离开现在，第二还应执着现在。我们应该深入现在的里面，用两只手揿牢它，愈牢愈好！已往的人生如何的美好，或如何的乏味而可憎；已往的我生如何的可珍惜，或如何的可厌弃，“现在”都可不必去管它，因为过去的已“过去”了。——孔子岂不说“往者不可谏”吗？将来的人生与我生，也应作如是观；无论是有望，是无望，是绝望，都还是未来的是，何必空空地操心呢？要晓得“现在”是最容易明白的；“现在”虽不是最好，却是最可努力的地方，就是我们最能管的地方。因为是最能管的，所以是最可爱的。古尔孟曾以葡萄喻人生：说早晨还酸，傍晚又太熟了，最可口的是正午时摘下的。这正午的一刹那，是最可爱的一刹那，便是现在。事情已过，追想是无用的；事情未来，预想是无用的；只有在事情正来的时候，我们可以把捉[1]它、发展它、改正它、补充它：使它健全、谐和，成为完满的一段落、一历程。历程的满足，给我们相当的欢喜。譬如我来此演讲，在讲的一刹那，我只专心致志地讲；绝不想及演讲以前吃饭、看书等事，也不想及演讲以后发表讲稿、毁誉等事。——我说我所爱说的，说一句是一句，都是我心里的话。我说完一句时，心里便轻松了一些，这就是相当的快乐了。这种历程的满足，便是我所谓“我生相当的意义与价值”，便是“我们所能体会的刹那间的人生”。无论您对于全人生有如何的见解，这刹那间的意义与价值总是不可埋没的。您若说人生如电光泡影，则刹那便是光的一闪，影的一现。这光影虽是暂时的存在，但是有不是无，是实在不是空虚；这一闪一现便是实现，也便是发展——也便是历程的满足。您若说人生是不朽的，刹那的生当然也是不朽的。您若说人生向着死之路，那么，未死前的一刹那总是生，总值得好好地体会一番的；何况未死前还有无量数的刹那呢？您若说人生是无限的，好，刹那也可说是无限的，无论怎样说，刹那总是有的，总是真的；刹那间好好地生总可以体会的。好了，不要再思前想后的了，耽误了“现在”，又是后来惋惜的资料，向谁去追索呀？你们“正在”做什么，就尽力

① 意为掌握、把握。

做什么吧；最好的是-ing，可宝贵的-ing呀！你们要努力满足“此时此地此我”！——这叫作“三此”，又叫作刹那。

言尽于此，相信我的，不要再想，赶快去做你今晚的事吧；不相信的，也不要再想，赶快去做你今晚的事吧！

人生有何意义[1]

· 胡适

一、答某君书

……我细读来书，终觉得你不免作茧自缚。你自己去寻出一个本不成问题的问题，“人生有何意义？”其实这个问题是容易解答的。人生的意义全是各人自己寻出来、造出来的：高尚、卑劣、清贵、污浊、有用、无用……全靠自己的作为。生命本身不过是一件生物学的事实，有什么意义可说？生一个人与一只猫、一只狗，有什么分别？人生的意义不在于何以有生，而在

① 选自《胡适散文》，胡适著，上海：上海科学技术文献出版社，2012年10月。

于自己怎样生活。你若情愿把这六尺之躯葬送在白昼做梦之上，那就是你这一生的意义。你若发愤振作起来，决心去寻求生命的意义，去创造自己的生命的意义，那么，你活一日便有一日的意义，做一事便添一事的意义，生命无穷，生命的意义也无穷了。

总之，生命本没有意义，你要能给它什么意义，它就有什么意义。与其终日冥想人生有何意义，不如试用此生做点有意义的事……

十七，一，廿七[①]。

二、为人写扇子的话

知世如梦无所求，无所求心普空寂。
还似梦中随梦境，成就河沙梦功德。

王荆公小诗一首，真是有得于佛法的话。认得人生如梦，故无所求，但无所求不是无为。人生固然不过一梦，但一生只

① 指民国十七年一月二十七日，即1928年1月27日。

有这一场做梦的机会，岂可不努力做一个轰轰烈烈像个样子的梦？岂可糊糊涂涂懵懵懂懂混过这几十年吗？

十八，五，十三[①]。

① 指民国十八年五月十三日，即1929年5月13日。